欧洲民间故事
聪明的牧羊人

肖辰 编

中国纺织出版社有限公司

内 容 提 要

每个国家和民族都有属于自己的故事，它们或许风格迥异，却同样充满趣味和寓意。在欧洲大陆上，人们口口相传的民间故事基于他们对自己生存环境的认识和对美好生活的向往，展现出鲜明的地域性和民族性。这些故事以讽刺幽默的语言，揭示了许多贴近生活但又寓意深刻的道理，表达了对真善美的赞美和肯定，以及对假恶丑的批判和否定。

阅读和品味民间故事，不仅能够加深对不同文化的理解，而且对于激发内心潜藏的想象力和创造力具有重要作用。

图书在版编目（CIP）数据

欧洲民间故事：聪明的牧羊人 / 肖辰编 . -- 北京：中国纺织出版社有限公司，2025. 5. -- ISBN 978-7-5229-2743-5

Ⅰ . I507.3

中国国家版本馆 CIP 数据核字第 2025TU2645 号

责任编辑：林 启　　责任校对：高 涵　　责任印制：储志伟

中国纺织出版社有限公司出版发行
地址：北京市朝阳区百子湾东里 A407 号楼　邮政编码：100124
销售电话：010—67004422　传真：010—87155801
http://www.c-textilep.com
中国纺织出版社天猫旗舰店
官方微博 http://weibo.com/2119887771
鸿鹄（唐山）印务有限公司印刷　各地新华书店经销
2025 年 5 月第 1 版第 1 次印刷
开本：710 × 1000　1/16　印张：13
字数：125 千字　定价：33.80 元

阅读指导

每个国家和民族都有属于自己的故事，这些故事中有一部分历经千百年，经过无数次的口口相传、添枝加叶，直到文字出现才被记录下来，它们被称作“民间故事”。

民间故事所反映的内容是异常广阔的，往往包含超自然、异想天开的成分。本书收集了来自欧洲大陆不同国家、不同民族具有代表性的民间故事，如《头长鲜花的人》和《海豹的眼泪》等，内容丰富、情节动人、趣味性强，具有鲜明的地域性和民族性。这些故事以讽刺幽默的语言，揭示了许多贴近生活但又寓意深刻的道理，表达了人们对真善美的赞美和肯定，对假恶丑的批判和讽刺。

了解民间故事，不仅能够完善知识结构，加深对不同文化的理解，而且对于激发内心潜藏的想象力和创造力具有重要作用。

目录

熊与狗

很久以前，有一户农家养了一只非常忠诚的狗。这只狗从小就保护他们的家园，可是随着岁月流逝，他年纪大了，不再像以前那样活跃，连叫声也微弱了许多。

农夫看到狗不再能够尽职看家，心里十分不满。一天，他对妻子说："这只老狗已经帮不上什么忙了，我们不能再养他了。"

说完，农夫就把老狗带到了森林里，把他丢在那儿独自回家了。

老狗孤零零地躺在一棵大树下，饥饿和伤心交织在一起。他看着蓝天，叹息着自己的不幸。

这时，一头大熊从林子里走出来，发现了可怜的老狗。

"小伙伴，你为什么一个人躺在这里呀？"熊关切地问道。

老狗抬起头，无精打采地回答："我的主人嫌我老了没用，就把我丢在这里了。"

熊蹲下身子，说："你一定饿了吧？想不想吃点东西？"

"当然想！"老狗的眼睛亮了起来。

"那跟我来吧，我知道哪里有食物。"熊友好地说道。

他们一起走着，不久就看见一棵果树，上面挂满了熟透的果子。

熊轻轻摇晃树干，果子纷纷落下。

“吃吧，”熊说，“吃饱了才有力气。吃完后，如果还想找我，就来树林深处的大洞穴。”

老狗感激地吃起了果子，这几天他第一次吃得饱饱的。日子就这样过去了，当果子吃完，老狗又饿了，他想起了熊的话，便去寻找他的新朋友。

“怎么样，老兄，果子都吃完了吗?”熊问道。

“是的，我又饿了。”老狗回答。

熊思考了一会儿，说:“我有个办法可以让你回到主人家里。你知道村子里的农妇们在哪里干活吗?”

“知道。”

“那好，我们去那里。我会偷偷靠近你的女主人，假装要拿走她背篓里的东西。你就装作英勇地追赶我，把东西夺回来。这样你的主人就会感谢你，重新接纳你了。”

他们来到了田地边。农妇们正在忙着收割庄稼，她们把背篓放在田边，里面装着午餐和一些小物件。

熊按照计划，悄悄地接近了背篓，抓起一个小布包就跑。农妇们发现后，惊叫起来:“有熊偷东西啦!”

这时，老狗从一旁冲出来，飞快地追赶熊。熊故意放慢脚步，让老狗追上自己。老狗从熊嘴里叼回了小布包，然后飞快地跑回农妇们那里。

“看哪!”农妇们惊喜地喊道，“这只狗把东西夺回来了!”

老狗的女主人特别感动，她认出了这是自己家的老狗。

“这是我们的老狗啊！”她抚摸着老狗的头说，“他救回了我们的东西。”她对赶来的丈夫说，“我们再也不能丢弃他了，他还是那么勇敢忠诚。”

农夫惭愧地低下头：“你说得对，我们错了。老狗，对不起，我们带你回家吧。”

从此，老狗又回到了农家。女主人每天给他准备香甜的牛奶和软软的面包：“吃吧，老狗，你是我们家的好伙伴。”

老狗的生活变得幸福美满，他也没有忘记他的朋友熊。每隔几天，他就会到林子里去看望熊，有时还会带一些食物分享。

一天晚上，农夫家里正举行丰收庆祝会。熊刚好来找老狗玩。

“老朋友，你好啊！”熊高兴地说，“看来你过得不错，吃得好吗？”

“谢天谢地，”老狗回答，“日子过得很好。今天家里有庆祝活动，我想请你尝尝美食。我们可以偷偷溜进屋子，但你得藏在灶台下面，别让人看见了。我会给你带好吃的。”

熊同意了。他们悄悄溜进屋子，熊藏在了灶台下面。老狗趁人不注意，从桌子上叼了一些食物给熊。

熊吃饱喝足，心情大好。这时，客人们开始唱歌跳舞，欢声笑语充满了整个房子。熊听着美妙的音乐，也忍不住哼起了歌。

老狗紧张地提醒他：“别唱了，会被发现的！”

但熊太高兴了，不但没停下来，反而唱得更起劲了。客人们听到灶台下传来的奇怪声音，好奇地走过去一看。

“啊！有熊！”人们惊叫起来。

就在大家准备拿棍子驱赶熊时，老狗挡在了熊的前面，冲着主人汪汪叫了几声，似乎在说：“别害怕，这是我的朋友。”

农夫的妻子观察了一会儿，发现熊并没有攻击的意思，就说：“看来这头熊是老狗的朋友，他没有恶意。”

农夫思考片刻后说：“既然是老狗的朋友，那就让他在院子里待一会儿吧，但不能进屋子。”

熊明白了人类的意思，乖乖地跟着老狗到院子里去了。从那以后，熊偶尔会来农家院子里，和老狗一起玩耍，但再也不会冒冒失失地进屋子了。

灰额猫、山羊和绵羊

很久很久以前，在一个农家小院里，住着一只山羊和一只绵羊。他们感情非常好，即使只有一小把干草，也会平分着吃。院子里还有一只灰额猫，他总是偷吃东西，所以主人一有东西不见了，就会打这只猫。

一天，山羊和绵羊正躺在院子里聊天，突然看见灰额猫从墙角钻出来，哭得可伤心了，还一瘸一拐地用三条腿跳着走。

“小灰猫，你怎么了？为什么哭得这么伤心，还只用三条腿走路呢？”山羊和绵羊关切地问道。

灰额猫抽泣着回答：“我怎么能不哭呢？女主人刚才打了我一顿，把我的耳朵都打破了，还打伤了我的腿。她还发誓说要把我丢出去呢！”

“你做了什么坏事，让她这么生气要把你丢出去？”绵羊惊讶地问。

“我……我把她准备好的酸奶油都舔光了……”灰额猫说完，又哭了起来。

山羊奇怪地问：“就因为这个？你还在哭什么呢？”

灰额猫抹着眼泪说:“我怎么能不哭啊！她打完我后还说:‘女婿明天就要来了，酸奶油都没了，只好杀山羊和绵羊来招待客人了!’”

山羊和绵羊听了这话，顿时大怒:“什么？你这只灰额猫，你这个糊涂虫！你偷吃东西，却要害死我们？我们应该把你丢出去才对!”

灰额猫连忙认错，求他们原谅。山羊和绵羊气归气，但还是饶了他。三只动物聚在一起商量对策。

“二哥,”灰额猫对绵羊说,“你的头不是很硬吗？能不能用头把院门顶开?”

绵羊立刻冲向院门，用头猛撞——门晃动了几下，但没有打开。

“大哥,”猫又对山羊说,“你的角更硬更尖，你来试试吧!”

山羊后退几步，猛地向前冲去，用力一顶——哐当一声，院门终于开了!

三个逃亡者立刻飞奔出去。山羊和绵羊跑得很快，可灰额猫因为腿伤只能用三条腿跳着跟在后面。他跑得累了，就喊道:“山羊大哥，绵羊二哥，别丢下小弟啊!”

山羊听了，连忙回头把灰额猫轻轻放在自己的背上。他们翻过山岗，穿过草地，跨过沙漠，一路不停地跑啊跑。

最后，他们来到了一个险峻但安全的地方。岩壁下有一片收割过的田地，上面堆着像小山一样高的干草堆。三个朋友决定在这里休息。

夜晚很冷，他们需要生火取暖。灰额猫机灵地跑去找来了白桦树树皮，然后他叫山羊用角去撞绵羊的头——当两种硬物用力相撞时，会产生火花。果然，山羊和绵羊重重一撞，火花四溅，点燃了树皮。

他们刚围着火堆坐下，突然来了一位不速之客——一头大棕熊！

“朋友们，我可以和你们一起烤火休息吗？我实在太累了……”熊客气地说。

“当然可以，大熊。你从哪里来啊？”灰额猫问道。

“我刚从蜂农的蜜蜂园回来，和农民打了一架。”熊疲惫地回答。

于是四只动物决定一起过夜：熊睡在草堆下面，猫睡在草堆上面，山羊和绵羊睡在火堆旁边。

正当他们准备入睡时，突然来了七只灰狼和一只白狼，他们朝草堆走来。山羊和绵羊吓得直发抖，但聪明的灰额猫却镇定地说：

“嘿，白狼大王！您千万别惹我们的大哥生气啊。他的脾气一旦上来，谁也挡不住。您没看见他那把胡子吗？那里面蕴含着巨大的力量！他用胡子打野兽，角只是用来剥皮而已。您要是想和他比试，可以去找草堆下面那位。”

狼们听了，对猫恭恭敬敬地鞠了一躬，然后走到草堆前开始惹熊。熊被吵醒了，怒气冲冲地用一只熊掌抓起一只狼！狼群吓坏了，挣脱后夹着尾巴逃走了。

山羊和绵羊趁机抱起灰额猫，跑进了附近的树林。但不幸的是，他们又遇到了那群狼。灰额猫敏捷地爬上了树顶，山羊和绵羊也用蹄子钩住树枝，挂在了树上。

狼群在树下围着，磨着牙齿等待。聪明的灰额猫见情况危急，就用树上的果子砸狼，同时大声喊道：

“一只狼！两只狼！三只狼！这几只给我大哥吃吧。我刚才已经吃了两只狼，现在还饱着呢！大哥，你之前没捉到熊，现在可以吃我的那份狼啊！”

灰额猫的话音刚落，山羊不小心脚一滑，头朝下掉了下去，角正对着狼群。灰额猫趁机大喊：“捉住他们！抓住他们！”

狼群被吓得心惊胆战，以为山羊是故意攻击他们，于是全都撒腿逃跑了，连头也不敢回。

就这样，机智的灰额猫和他的朋友们一次又一次地战胜危险，过上了自由自在的生活。

魔鬼的故事

从前，在某个村庄里，住着一个穷苦的农夫，穷得一家人常常吃不上饭。他从早到晚地劳动，但是，一切总是不顺利。他一点儿法子也没有，怎么也摆脱不了那种穷苦的生活。

“这是什么缘故呢？为什么我总是摆脱不了穷苦的生活呢？”农夫想。

其实，原因是这样的：在他茅屋里的炉灶底下，住着一群魔鬼，他们总是跟他捣乱。

农夫得到一点儿什么，他们就完全给他破坏掉。他们总是千方百计地设法儿陷害他，给他带来灾难：让麦子发霉，把牛折磨死，还把别人家的猪引进农夫的菜园。

这个农夫是一个爱好音乐的人，他喜欢拉小提琴，并且拉得还挺好，听起来还不错！

于是，在那天吃过午饭以后，他就取出小提琴，开始拉起来。

当孩子们听到音乐的时候，大家都起立，把手叉在腰间，跳起舞来！孩子们跳着舞，父亲在旁边看着他们，心里非常高兴。

哎呀！瞧！怎么好像有些小东西跟他们一起在跳似的：那些小

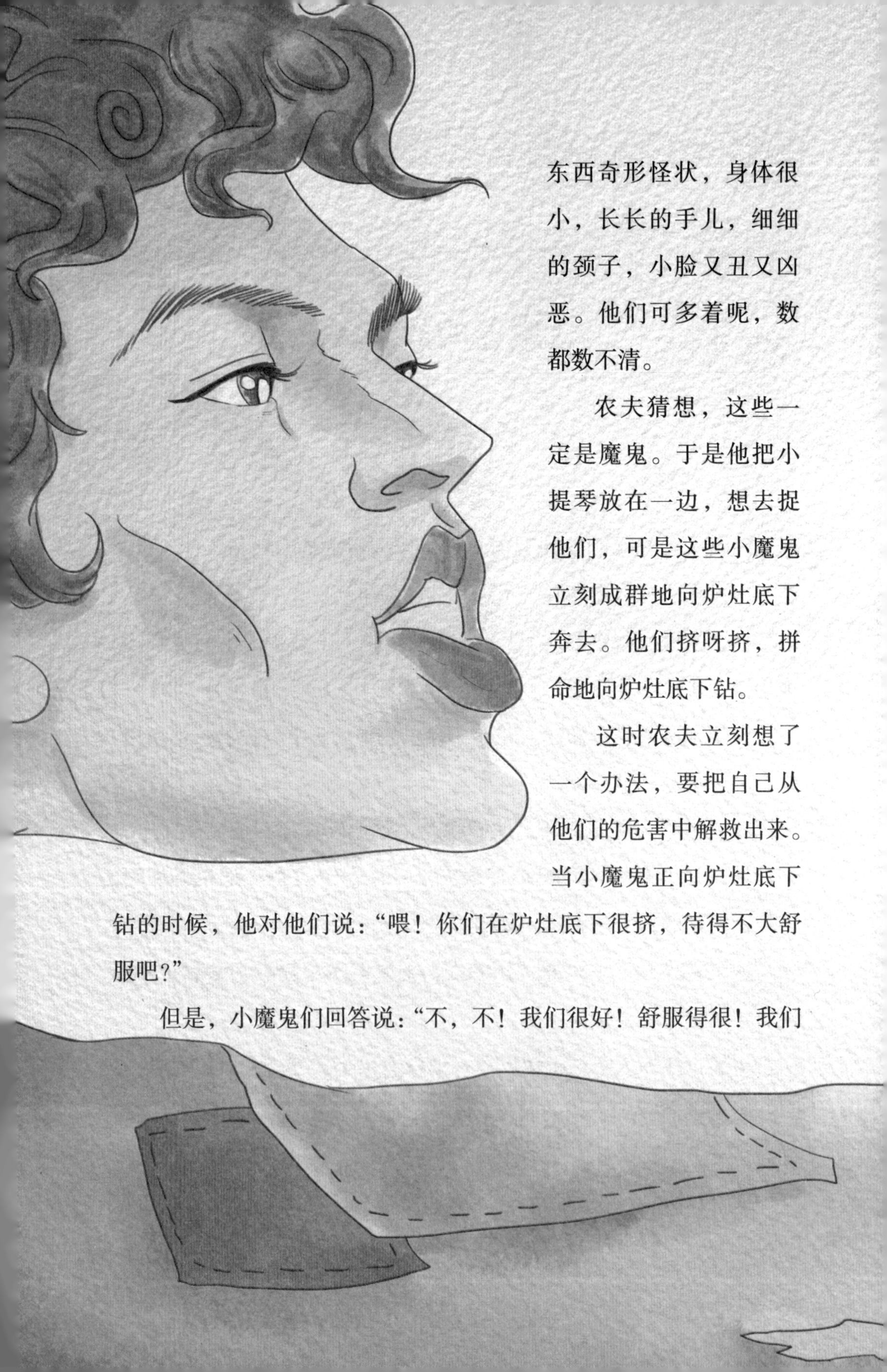

东西奇形怪状，身体很小，长长的手儿，细细的颈子，小脸又丑又凶恶。他们可多着呢，数都数不清。

农夫猜想，这些一定是魔鬼。于是他把小提琴放在一边，想去捉他们，可是这些小魔鬼立刻成群地向炉灶底下奔去。他们挤呀挤，拼命地向炉灶底下钻。

这时农夫立刻想了一个办法，要把自己从他们的危害中解救出来。当小魔鬼正向炉灶底下钻的时候，他对他们说："喂！你们在炉灶底下很挤，待得不大舒服吧？"

但是，小魔鬼们回答说："不，不！我们很好！舒服得很！我们

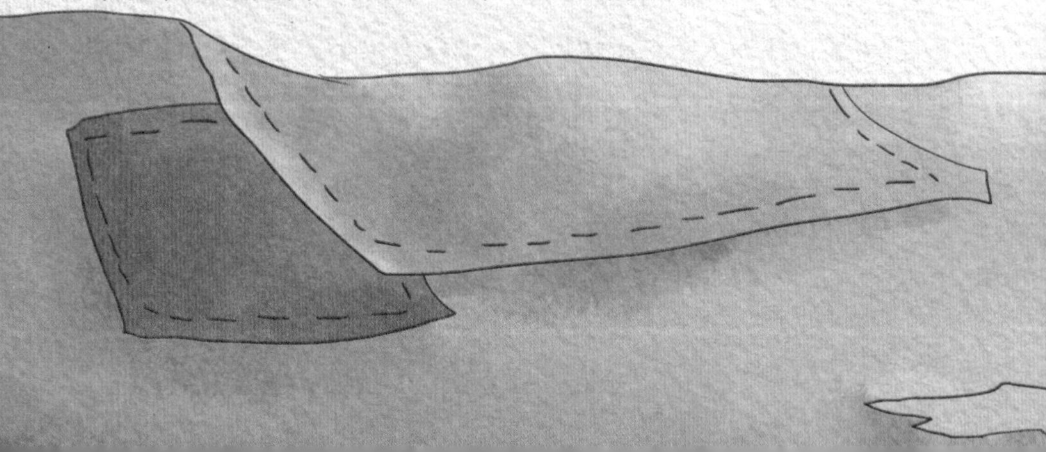

到处都能安身!”

农夫拿出自己的烟盒，闻了闻鼻烟，说:“在这盒子里都能安身吗?”

“可以安身。”小魔鬼们回答。

“那么，试试看吧，看你们怎么安身?”

说着，农夫就把那个开着盖的烟盒朝下面一放。

“你们都在哪里?”

从烟盒里传出来的声音说:“现在我们都在你的这个盒子里了!”

“还有谁留在炉灶底下没出来吗?”

“一个也没有了，全在你的盒子里！全在这里!”

农夫正希望这样。他马上把烟盒紧紧地关上，然后走到那个多年不用了的磨坊里去，把烟盒塞在一个很重的磨盘底下。

“请你们永远住在这儿吧，我不需要你们!”

放好以后，他就回家了。

从那天起，农夫的生活就开始好起来了。不管他想做什么，他都做得成，一切都很顺利。他变得富裕起来，孩子们也不再挨饿了。他还拥有了很多牛和很多猪。人们看见他变有钱了，都觉得非常奇怪。

就在这个村子里，住着一个财主，全村里再也没有人比他更

富的了。他是一个非常爱嫉妒的人，真是世界上再也找不出像他那样爱嫉妒的人来！如果有人不贫穷，不奉承他，他就要大发脾气。

当他听到这个农夫摆脱了贫穷，变得富有的时候，他该是多么恼恨，那就不用说了！

财主猜了很久，想了很久：那个苦命的农夫究竟是怎样富裕起来的呢？但是，他怎么猜也猜不着，怎么想也想不出来。

于是有一天，他就到这个农夫那儿去串门，花言巧语地跟农夫聊天，想打听出来农夫是怎样变得这么富裕的。

“因为我勤劳地工作，所以我的生活就变好了！”

“哦，难道你从前就工作得少些吗？”

“也不少，但是都给魔鬼破坏了。他们住在我的茅屋里，到处乱钻，把我所有的东西都毁掉了。现在好了，我已经弄明白那是怎么回事儿了，我从他们的危害中解脱出来了！”

“你怎么弄明白的？怎么解脱的？”

“我把他们引进我的烟盒里牢牢地关住，再把装满魔鬼的烟盒拿到那个多年不用的磨坊里，把他们放在磨盘底下压着。”

“原来是这么回事哟！”财主说，“再见吧！我该回家了！”

告别后，他就走了。但是财主并不是回家去，他直接到那个多年不用的磨坊里去了。

到了磨坊，他找到那块农夫塞着烟盒的磨盘。他把磨盘搬开，取出烟盒，把盖子打开，说：“喂！小魔鬼们，出来吧！到你们的主人那儿去吧！他可想念你们了呢！”

财主心里想：小魔鬼们会跑到农夫那儿去的。

但是，小魔鬼们吱吱地叫着：“啊，不！我们不上他那儿去！我们怕！如果他再想出一个什么诡计来，恐怕我们就完蛋了，在世界上就活不成了！……你救了我们，你把我们放出来了，我们要到你家里去，你是好人！”

“嘿！这是什么话！”财主叫起来，“我要你们干吗？不要！不要！我不能带你们到我家里去！快给我让开！”

让开？所有的小魔鬼一下子都跑到这个爱嫉妒的财主跟前，把他团团围住，钩住他的衣服，使他脱不了身！他想甩掉他们，但怎么甩也甩不掉。财主没法脱身了，只好带着这些小魔鬼回家去了。

到了家里，小魔鬼们从财主身上跳了下来，四散跑开，到处乱钻，钻到哪里是哪里，再也找不到了！

从那时候起，小魔鬼们就在财主那儿住了下来。他开始倒霉了：大黄牛死了，母牛也死了；马被偷走了，猪羊丢了，田里的庄稼也不长了；后来院子起火了，房子也被烧了。再后来，这个嫉妒成性的财主，变成了乞丐。

朱塞佩卖马

圣马力诺的某个小村庄里住着一个名叫朱塞佩·弗伦乔治的农民，人们都亲切地叫他佩佩。佩佩为人朴实，任劳任怨。他有一块田地，还有一双勤劳的手，他想着再给家里添头骡子。佩佩一个钱币一个钱币地攒啊，终于手里的钱币足够去马市上买头骡子了。

那是个周日，佩佩盛装而出，还特地在耳后别了朵花，然后向马市进发。他边走边唱：

佩佩是我名，
我名朱塞佩；
大步流星向前走，
身旁万物，
都向我歌唱。
我辛勤劳作，
我汗流浃背，
我的生活多么快乐。
为了干得更快更好，

我要去买一头小骡子。

神父听到歌声，立马夺门而出，对他说：“佩佩，我的孩子。听你的歌声，是要去买骡子？”

“是的，神父，我要去买骡子。”

“佩佩，我的孩子，马市上骗子多，一定当心别买来身患疫病的牲口，它们弱不禁风，连石子路都走不了。我的好孩子，我心里疼爱你，不如把我那头身强体壮的骡子让给你吧。”神父言辞恳切。

佩佩喜出望外，他很想知道那到底是头什么样的骡子。

交易达成，神父牵出骡子，交给佩佩。然后他头也不回地飞奔到家中，关门上锁。

这头骡子真是一个狡猾的家伙，一上来就给了佩佩一脚，还咬了一口他的耳朵，然后像匹野马一样，撒腿就跑。

“快停下，快停下！”佩佩边喊边追，终于追上了。但这回骡子就站在那里，一动不动。佩佩好说歹说，连劝带打，骡子就是无动于衷。过了一会儿，那骡子也许站得烦了，就又向前奔去。它每奔跑二十步就静止半小时，就这样他们费了许多时间才回到家中。

正如谚语所说，若想识破骗子，须得成为半个骗子。佩佩虽然从来没有骗过人，可也不愿白白落得个“傻瓜”之名。

又一个周日，佩佩再次前往马市，这次他去，不是买骡子，而是卖马。一匹小骏马任他牵在身后，那小马驹毛色乌黑油亮，如擦得锃亮的皮靴一般。

佩佩路过神父家时，再次放声高歌：

灰骡子黑马，神父呀，
我们来猜谜吧！
若猜中，我认输；
若不中，一笑而过。

神父忍不住探出头来，果然是一匹好马。

“好孩子，你牵着马到哪儿去？”神父打探道。

“牵到马市，把它卖了！”佩佩如实答道。

“这马毛色乌黑油亮，可是奔跑速度最快的矮种马。”神父说。

“没错！”佩佩附和道，“你看它的毛色，没有一根浅色杂毛。”

“如果你愿意，我想买这匹马。”神父说。

“买马随意，我的神父。”佩佩轻蔑道，“不过有一条，买卖一成，不能反悔。大家都知道，买方即使有一百双眼睛，也觉得不够用；卖方只需一双眼睛就已足够，对此你我心知肚明。”

“您过虑了，该检查的我都检查好了，现在咱们来商量商量价钱吧。”

佩佩出价是骡子的四倍，神父还价却只有骡子的四分之一。双方一番较量，卖方让一步，买方添一些，不过三个钟头，双方就敲定了价格。神父用骡子两倍的价格买下了这匹黑马。

神父令仆人牵马到河边，自己一路跟随，得意扬扬地欣赏着新买的马匹。忽然，小马抬起后蹄给了仆人一脚，然后又向神父咬去。

“天呀，如果这马的毛色不是如此乌黑油亮，我就把它当成过去家中那头灰骡子了！”仆人尖叫道。

“你再说一遍，再说一遍！”神父气呼呼地喊道，“不许你侮辱我的骏马！”

说话间，他们来到了河畔，水刚及膝，马就停下脚步，任由仆人用力拉拽缰绳，神父使劲儿向前推，它仍旧一动不动。这一通折腾后，周边的水变得黑如墨汁。

“神父，我看这就是咱家那头骡子。您看，水都变黑了，马腿也变成灰色的了。”仆人直言不讳道。

“怎么可能？”神父还是不愿相信现实，“我可是花了两倍的价钱，难道真的上当了？！”

话音未落，马飞奔向前，两人都被带到了水中。

随后，神父、仆人和灰骡子，三个脑袋一起探出水面。

“快看呀，佩佩这个骗子竟把我的骡子又卖给了我！”神父叫道。

可是又有什么用呢，根本无人理会他，神父只得拖着湿透的身子，拉着那头倔强的灰骡子返回家中。

此后，一句新谚语在圣马力诺的大街小巷传播开来：种瓜得瓜，种豆得豆。

狐狸和兔子

从前，在一片森林里住着一只小兔子和一只狡猾的狐狸。他们各自有一间小房子：狐狸的房子是用冰块搭建的，在冬天看起来晶莹剔透，非常漂亮；而小兔子的房子则是用树皮搭建的，虽然不那么华丽，却十分结实耐用。

冬天过去了，美丽的春天悄悄来临。暖和的阳光照在大地上，树木发芽，花朵绽放，小鸟欢唱。但对狐狸来说，春天带来了麻烦——随着气温升高，他那漂亮的冰房子开始一点点融化，最后完全消失了！

“哎呀，我的房子没有了，我该住哪里呢？”狐狸望着地上的一摊积水，非常着急。突然，他想起了不远处小兔子的树皮房子，便跑去敲门。

“小兔子，你在家吗？”狐狸敲着门喊道。

小兔子打开门，看到是狐狸，有些惊讶：“狐狸，有什么事吗？”

“亲爱的小兔子，我的冰房子被太阳晒化了，能让我在你家借住一晚吗？明天我就去另外找地方。”狐狸用可怜巴巴的语气恳求道。

善良的小兔子不忍心拒绝，就答应了：“好吧，你可以住一晚。”

但谁知道，第二天，狐狸不但没有离开，反而变得凶狠起来，他对小兔子大喊："这间房子现在是我的了！你快点滚出去！"

"可是，这是我的房子啊！你说只住一晚的。"小兔子害怕地说。

"我不管！我比你强壮，我说是我的就是我的！快滚，否则我就咬你！"狐狸露出尖利的牙齿威胁道。

小兔子被吓坏了，她不得不离开自己的房子，伤心地沿着小路走着，一边走一边哭。

不久，一只大狗看见了哭泣的小兔子，关切地问道："小兔子，你为什么哭得这么伤心啊？"

小兔子抽泣着回答："我怎么能不哭呢？我有一间树皮盖的房子，狐狸有一间冰做的房子。春天来了，他的房子融化了，就向我借住一晚，结果却霸占了我的房子，把我赶了出来。"

大狗听了非常生气："这太不公平了！别担心，小兔子，我来帮你赶走那只坏狐狸！"

于是，小兔子和大狗一起来到了房子前。大狗站在门口大声吼叫："狐狸，你这个骗子，快从小兔子的房子里出来！"

狐狸正舒服地躺在暖烘烘的床上，听到狗的叫声，他恶狠狠地威胁道："我要是跳出来，沙子就会满天飞，我要是扑出来，石头就会满地滚！你敢试试吗？"

大狗一听，吓得尾巴都夹起来了，掉头就跑。小兔子更加绝望，继续哭着往前走。

这时，一头强壮的熊迎面走来，看到小兔子在哭，好奇地问："小兔子，为什么这么伤心啊？"

小兔子擦着眼泪说：“我怎么能不伤心呢？我有一间树皮盖的好房子，狐狸的冰房子融化后，他来我的房子借住一晚，却霸占了我的家，把我赶了出来。”

熊拍拍胸脯说：“这太过分了！别怕，我来帮你！”

小兔子摇摇头：“狗已经试过了，没用的。狐狸太凶了，你也帮不了我。”

“不会的，我可是森林里最强壮的动物！”熊自信满满地说。

他们来到房子前，熊大声喊道：“狐狸，立刻出来，否则我就拆了这房子！”

但狐狸依然躺在床上，傲慢地说：“我要是跳出来，沙子就会满天飞，我要是扑出来，石头就会满地滚！你敢试试吗？”

熊也被吓住了，灰溜溜地走了。

小兔子伤心得不得了，继续往前走，眼泪流个不停。这时，一头公牛遇到了她。

“小兔子，你怎么哭成这样？”公牛关心地问。

小兔子抽噎着说：“我有一间树皮盖的房子，狐狸的冰房子融化了，他借住后就霸占了我的家。狗和熊都试过帮我，但都被狐狸吓跑了。”

公牛说：“我来试试吧！我的角很锋利，可以教训那只狐狸！”

虽然小兔子不太相信公牛能成功，但还是带他去了自己的房子。

公牛站在门口，用蹄子刨着地，大声吼道：“狐狸，马上出来！否则我用角顶你！”

狐狸还是那句话：“我要是跳出来，沙子就会满天飞，我要是扑出来，石头就会满地滚！你敢试试吗？”

公牛听了，也害怕起来，转身就跑。

小兔子哭得更厉害了，她几乎放弃了。正当这时，一只公鸡走过来，肩上还背着一把锋利的镰刀。

“小兔子，你为什么哭得这么伤心啊？”公鸡问道。

小兔子啜泣着说：“狐狸霸占了我的房子，狗、熊和公牛都帮不了我，你这么小，肯定也帮不上忙。”

公鸡自信地说：“别小看我！我虽然不大，但我很勇敢，而且我有武器！带我去你家看看。”

小兔子半信半疑地带着公鸡来到自己的房子前。公鸡站在门口，开始跺脚拍翅，大声唱道：

喔喔喔喔！
我用脚后跟走路，
肩膀上背着一把锋利的镰刀，
我要砍掉狐狸的脑袋，
狐狸，快从床上下来！
出来吧，狐狸！

狐狸听了，心里有点害怕，但还是强装镇定：“我正在穿鞋子，等一下……”

公鸡不理会他的借口，又唱了一遍那首威武的歌，声音更大、更有气势。

狐狸更害怕了，声音发抖地说："我在穿衣服，马上就好……"

公鸡不依不饶，第三次唱起那首歌，而且声音洪亮，气势十足：

喔喔喔喔！
我用脚后跟走路，
肩膀上背着一把锋利的镰刀，
我要砍掉狐狸的脑袋，
狐狸，快从床上下来！
出来吧，狐狸！

这下狐狸真的吓坏了，他慌慌张张地从房子里跑出来，想逃走。但机智的公鸡早有准备，挥动镰刀，一下子就砍倒了狐狸，结束了他的恶行。

从此以后，勇敢的公鸡和善良的小兔子住在那间树皮盖的小房子里，过上了幸福的生活。

天上的星星

很久很久以前，有一个心怀梦想的小女孩，她最大的愿望就是能够触摸到天上闪烁的星星。每当夜幕降临，繁星点点，她总会趴在窗前，仰望那璀璨的星空，眼中满是向往。

“那些小星星看起来多么美丽啊！”小女孩常常感叹道，“如果我能摘几颗下来放在手心里，该有多好！”

一天晚上，小女孩央求道：“爸爸妈妈，你们能帮我摘几颗星星吗？我真的很想拥有它们。”

爸爸轻轻摸了摸她的头，笑着说：“傻孩子，星星在天上，哪能随便摘下来呢？”

妈妈也慈爱地解释：“星星是属于天空的宝贝，它们在那里照亮夜空，为迷路的人指引方向。”

虽然父母这样说，但小女孩依然时常凝望着星空，直到困意袭来，进入梦乡。

一个阳光明媚的日子，小女孩决定亲自去寻找通往星空的路。她来到村外的一座古老水磨坊旁，那里有一汪碧波荡漾的水塘。

小女孩蹲下身，对着水塘礼貌地问道：“水塘伯伯，您见过天上的星星吗？我想找到它们。”

水塘泛起微微涟漪，仿佛在回应：“当然见过啦！每当夜晚来临，星星们都会跳进我的怀抱，和我玩耍呢。”

小女孩在清澈的水里游呀游，虽然看到了许多美丽的水草和小鱼，却没有找到一颗星星。不过，她倒是发现了一条欢快流淌的小溪。

“小溪姐姐，”小女孩爬上岸，气喘吁吁地问道，“您知道哪里能找到星星吗？我真的很想得到它们。”

小溪叮咚作响，好像在说：“星星呀，它们经常在我的岸边嬉戏，留下点点银光。你沿着岸走，也许能遇见它们哦！”

于是，小女孩沿着溪流蜿蜒的堤岸，一路走啊走。太阳渐渐西沉，她的脚步也变得沉重，却始终没有找到心爱的星星。

就在她几乎要放弃的时候，前方出现了一片花团锦簇的草地。草地上，几位身着轻纱裙的仙女正翩翩起舞。

“仙女姐姐们，”小女孩鼓起勇气，上前询问，“你们知道我在哪里能找到天上的星星吗？”

“我们当然知道！”一位仙女微笑着回答，“星星常常在我们跳舞的草地上留下光芒呢。来和我们一起跳舞吧，也许就能发现它们了。”

小女孩欣然同意，加入了仙女们的舞蹈。她跳啊跳，虽然很开心，却仍然没能找到心心念念的星星。精疲力竭的她终于坐下来，忍不住伤心地哭了。

“我在水里游过，在岸边走过，还和你们跳过舞，可是我还是找不到星星。”小女孩抽泣着说，“如果连你们都帮不了我，那我该怎么办呢?”

仙女们围在她身边，轻声安慰道:“别哭了，小朋友。如果你不愿意回家找妈妈，那就继续前行吧。”

“真的能摘到星星吗?”小女孩擦干眼泪，充满希望地问。

“这个嘛，”仙女们神秘地说，“你需要找到四条腿的朋友，让他背着你这个两条腿的，去寻找没有腿的伙伴。然后，没有腿的会带你找到没有梯级的梯子。如果你能爬上那梯子，或许就能到达星星附近，或者到达另一个奇妙的地方。”

小女孩认真地记下这些话，向仙女们道谢，然后继续踏上寻找

星星的旅程。

不久，她来到一片幽深的森林边缘，看见一匹英俊的白马正拴在大树旁。

“马儿哥哥，”小女孩好奇地问，“你能帮我找到天上的星星吗？”

马儿摇了摇鬃毛：“抱歉，小朋友，这不是我的工作。我只负责为仙女们服务。”

“可是仙女们告诉我，”小女孩急忙解释，“要找四条腿的朋友带着我去寻找没有腿的，然后找到没有梯级的梯子，爬上去就能够到星星了！”

“哦，原来如此！”马儿恍然大悟，“那就请把我的缰绳解开，爬到我背上来吧。”

小女孩解开缰绳，轻巧地跳上马背。马儿一声嘶鸣，带着她穿过幽暗的森林，沿着大道，最终来到了浩瀚的大海边。

“到这里就是我的极限了，小朋友。”马儿停下脚步说，“我已经完成了仙女们交给我的任务。”

小女孩从马背上滑下来，有些着急：“那请问，我该如何找到没有腿的朋友呢？”

“陆地是我的领域，但海洋就不是了。”马儿解释道，“四条腿的只能送你到这里，剩下的路要靠你自己了。”

说完，马儿扬起头，转身跑回森林，留下小女孩独自面对无边的大海。

正当小女孩不知所措时，一条色彩斑斓的大鱼浮出水面，好奇地看着她。

“鱼儿姐姐，”小女孩惊喜地问，“你能帮我找到天上的星星吗？”

大鱼摆了摆尾巴：“小朋友，我是海洋的精灵，平常只为仙女们服务。”

“就是仙女们让我来的！”小女孩赶紧说，“她们说要找没有腿的朋友带我去找没有梯级的梯子，爬上去就能摘到星星了。”

“既然是仙女们的安排，”大鱼点点头，“那你就坐到我背上来吧。”

小女孩小心翼翼地跨坐在鱼背上，紧紧抓住鱼鳍，随着她一起游向深海。

她们沿着一条闪烁着银光的水路前行，远处的海天相接处，出现了一道奇妙的景象——一座五彩缤纷的桥梁直通天际，红的似火，黄的如金，蓝的若天，绿的如翠，美丽极了。

“就是这里了，小朋友。”大鱼停在那景象下方，“这就是没有梯级的梯子，我的任务也完成了。”

小女孩谢过大鱼，从她背上滑下来，目送着她游回深海。

仰望着那座高耸入云的彩虹桥，小女孩既兴奋又害怕。彩虹桥看起来又高又陡，而她是那么渺小。但想到近在咫尺的星星，她鼓起勇气，开始向上攀爬。

她爬啊爬，越往上，光芒越耀眼，周围的景象越来越模糊。小女孩感到头晕目眩，眼前一片星光璀璨。忽然间，她脚下一滑，身体不受控制地往下坠落。

她在空中不断下落，下落，下落……

“啊！”伴随一声惊呼，小女孩睁开眼睛，发现自己正躺在自己的床上，窗外已是晨光熹微。

窗台上，一颗晶莹的露珠在阳光下闪烁着，恰似一颗小小的星星。小女孩伸出手指，轻轻碰了碰那颗“星星”，露珠化作一缕清凉，沁入她的心田。

博尔科与乌鸦之王

在波兹南有一座市政大厦，即使算不上举世闻名，在波兹南也是闻名遐迩，有些外地人会通过画作或者照片一睹它的真容。市政大厦巍然耸立，是波兹南最美的大厦，即使在整个波兰也是首屈一指。它已在古市场傲然耸立六百余年，亲眼见证了伟大的雅盖隆时代，是古市场的荣光。

登上高塔，全城景色尽收眼底。塔楼的大钟底下，有一间小屋子，那个屋子已经存在许久，人们都称之为“市政大厦号手之家”。在历史上，高塔上的号手曾是城市的哨兵，他们夜以继日地守卫这座城市，保障它的安全。万一哪里起了火，号手就会吹响警号，给市民报警，市民听到召唤便会前往救援。

许久以前，这里曾有一个尽忠职守的哨兵，他的名字叫普热姆科。普热姆科育有一子，取名为博尔科。对博尔科而言，塔楼顶端的小走廊就是他童年最大的乐园。他每日都要在那儿驻足闲坐，一坐就是数小时。他自塔顶走廊俯身望地，街上的行人都如小矮人一般；他抬头望天，天空中的云彩总是旖旎变幻，一会儿变成巨人，一会儿变成飞马，一会儿变成巨龙。塔顶的钟声日日响起，在他听

来就如密语一般：

嘀——嗒，嘀——嗒，嘀——嗒，
过去如是，现在如是，未来如是！
接着便是雄浑的嘶吼：
当——当，当——当，当——当，
我为众人奔忙，我为众人奔忙，
当，当，当……

啊，站在高耸入云的市政大厦上是多么美妙！塔顶风景独好：这里的世界辽阔远大，与地上、街道上的世界迥然不同。博尔科自小便暗暗立誓：长大以后，也要如父亲那般，做市政大厦的号手。

有一天，博尔科像往常一样在塔楼顶端的走廊闲坐，用那双满是好奇的眼睛眺望四方。突然之间，有个黑黑的物件砸到他的脚下，他猛然一惊，但很快就恢复了平静——原来落下的是只乌鸦。乌鸦软绵绵地躺在地上，两只翅膀满是鲜血，无力地耷拉着。

博尔科生性善良，热爱动物。他看到后，心疼极了。他不假思索地将那只乌鸦捧在手里，十分轻柔地摸了摸乌鸦闪着亮光的头部；然后将它带回“市政大厦号手之家”，小心翼翼地清洗了乌鸦翅膀上的伤口，涂上药膏，用纱布包扎好，把它放在自己的小床旁边。

博尔科每天都将乌鸦带在身边，给予它无微不至的照料。数天之后，乌鸦伤口愈合，伤势好转，能轻微活动活动翅膀，博尔科喜不自胜。自此以后，乌鸦忠实地跟在博尔科身边。

一周之后，乌鸦完全康复，但某天夜里却发生了一件怪事：乌鸦径自飞到床上，用喙轻轻啄了啄博尔科的手背。

博尔科从梦中惊醒，眼前出现一道亮光。乌鸦站在亮光之中，顷刻间变成一个身披红色长袍，头戴金质王冠的小矮人。博尔科又惊又怕，一句话也说不出来。

“博尔科，你不要害怕！我是乌鸦之王，谢谢你救了我，不然我就没命了。城中有人用弹弓打中了我的翅膀。如果不是你大发慈悲，精心照料，我早就没命了。但现在我不得不离开你，回乌鸦王国去。你的救命之恩我没齿不忘，只能用这件小小的礼物聊表谢意。再次感谢你的善良慈爱。”

乌鸦说完，便拿出一把很小很小的银号递给博尔科，并说：“你只要登上塔顶，在塔顶四角向着四个方向吹响银号，我便会来找你；吹完耐心等着，我必会出现在你面前。再会吧，朋友！”

小矮人变成一只乌鸦，跳到窗台上，拍拍翅膀飞走了，很快与黑夜融为一体。

乌鸦离开后，博尔科悲伤不已——那是他最好的朋友，最棒的玩伴，他们早已心意相通，博尔科当然万分不舍。第二天，他翻箱倒柜，找到一条十分坚韧的带子，将银号系在带子上，挎在胸前，随身携带。

日复一日，年复一年，时光流转，博尔科长大了。他有勇有谋：曾协助父亲在大厦上保障城市安全，后来为了提供更安全的保障，他又专修军事，深入军队刻苦训练。

此时此刻的波兹南正处在水深火热之中：敌人侵袭，直逼波兹南城下，兵分几路同时攻城。波兹南人不屈不挠，团结一致自卫反击，博尔科在反击中表现得十分勇猛。然而，敌军过于强大，波兹南城危在旦夕。

老弱妇孺去教堂、主教官邸避难，城中成年男子坚守城门，他们虽然威武如狮，但还是不断牺牲。

博尔科见兄弟们不断死亡，见自己的家乡就要落入敌手，焦急万分。情急之下，他猛地想起童年的银号和乌鸦之王，他的话在耳边不断回响："只要登上塔顶，在塔顶四角向着四个方向吹响银号，我便会来找你；吹完耐心等着，我必会出现在你面前！"

博尔科暗忖："现在全城百姓性命堪忧，整个城市岌岌可危，再没有比现在更需要援助的时刻了。小银号，将能量全部爆发出来吧！"

博尔科转头对战友们喊道："兄弟们，坚持住！千万别投降。我这就去寻找援军！胜利一定属于我们！坚持住啊！为了伟大的波兹南！"他边喊边奔向市政大厦，飞也似的沿着旋转楼梯爬上大厦塔顶，摸出小银号在塔顶四角向四个方向用力吹响。

最后一丝号声飘散在空中，博尔科屏息凝神，等待奇迹发生。此时此刻，大厦脚下，城门之侧，残酷的战斗仍在继续，丝毫没有迹象表明会有人来救援。

博尔科惴惴不安，每一秒钟的等待都如同一个世纪的煎熬。敌人已发起最后的进攻，喧嚣的呐喊渐渐成了胜利的欢呼——敌军已经突破了守军最后一道防线。

博尔科再也无法安心等待，他要去迎敌，好男儿宁可战死沙场，也绝不独自苟活。他转过身去，正要下楼，就在这时，他感觉衣角被拽了一下。他下意识地回头望去，吃了一惊：身披红色长袍，头戴金质王冠的乌鸦之王奇迹般地出现在他面前。

“我听见号声就来见你了。你别着急，援兵即刻就到。”乌鸦之王说完，拿出一个小金号吹了起来，那是在召唤乌鸦王国的战士。

天际忽然出现一团密云，黑压压的一片，风驰电掣般向城墙涌来。原来那密云由不计其数的乌鸦聚集而成，它们正朝城墙飞来。

博尔科还未缓过神来，天空便轰隆作响，犹如雷鸣，不计其数的乌鸦呱呱乱叫，直向敌军俯冲而下，用翅膀狠狠抽打敌军面庞。

战势出乎意料地反转了，敌军把乌鸦军团当成魔鬼率领的地狱之兵，他们急忙扔了武器，抱头鼠窜。乌鸦军团不仅没有减弱攻势，反而更加勇猛地追击，用尖锐的喙啄伤敌军无数。

博尔科目光如炬，一直密切关注这场神奇之战的进展。在乌鸦军团的猛烈攻势下，最后一个敌人倒下了。他这才如梦初醒，想起向朋友致谢，乌鸦之王却没了踪影，他早已神不知鬼不觉地离开了。

博尔科举目远眺，看见乌鸦之王率领乌鸦军团远去的背影。他立马摘下帽子，向着它们离去的方向高喊：“再会吧，乌鸦之王！感谢您的帮助！感谢这来之不易的胜利！”

战争胜利了，城中之人无不欢呼雀跃。他们将博尔科高高举起，巡游全城，以示感激。后来博尔科被推举为波兹南的市长。

为了纪念这来之不易的胜利，也为了表示对乌鸦军团的感激，市长下令，波兹南市政大厦的号手每小时都要吹响号角，吹号时要从塔顶四角向四个方向吹。吹号的传统一直延续至今，尽管银号早已遗失，尽管乌鸦军团不会再来。原来乌鸦大举来援之时，博尔科因过于惊诧而将银号掉落，此后虽仔细查找，却再也没能寻得银号的踪迹。银号虽失，但号声永存，至今仍日日可闻。

诚实与虚伪

诚实和虚伪是两兄弟。大哥诚实生性善良，为人厚道；二弟虚伪生性奸诈，为人狠毒。他们幼年丧父，母亲无法承担抚养两个孩子的重任，待他俩年岁稍长，便给他们一人一份食物，让他们外出谋生去了。

黄昏时分，哥俩儿走到了森林之中，坐在被狂风暴雨折断的树干上歇脚。经过一天的跋涉，他们早已饥肠辘辘，于是拿出母亲为他们准备的食物，准备吃饭。

“大哥，不如咱们先吃你那份，下次再吃我这份。”虚伪提议道。诚实赞成弟弟的提议，可他只吃到了面包的碎屑和外皮——因为虚伪把好吃的全吃了。

次日，哥俩儿的肚子又开始咕咕叫了，可是虚伪不肯与诚实分享他的食物，还狡辩道：“这份食物是母亲为我准备的，而且只有这点儿东西，我一个人吃才勉强能饱。”

“可是昨天你不也吃了我那份吗？”诚实据理力争。

“那是你自愿让我吃的。忍饥挨饿都是你自作自受，要是实在太饿，你可以舔舔嘴唇。”虚伪毫不客气地说。

“真是人如其名，看来你这辈子都会这么虚伪！”诚实怒道。

虚伪恼羞成怒，便狠心地弄瞎了诚实的两只眼睛。

“你这个瞎眼雕鸮（xiāo），这会儿可还知道哪个诚实哪个虚伪！”虚伪边骂边走掉了，独留大哥一人。

诚实独自上路，他双目失明，根本不知该去往何处，只能摸索着往前走，真是可怜极了！他走啊走，遇到了一棵椴树。诚实摸到这棵树的枝干粗壮，心里想它一定十分茂盛，于是决定上树过夜，以免被山林猛兽当了晚餐。

他摸索着爬到了树上，不一会儿，便听到树下传来放锅煮饭的声音。他留神细听，才知道是熊、狼、狐狸和兔子在举办派对。他们吃喝一阵，便打开了话匣子。

狐狸率先开口道：“兄弟们聚在一起不容易，该讲故事助兴啊！”

大家一致同意，最受拥戴的熊最先开讲：“听说国王的视力欠佳，只能看到鼻子那么近的东西。事实上，只要他清晨来此，取椴树叶上的露水擦眼睛，就能恢复视力！”

狼接茬道：“听说国王的爱女听力不好，若国王掌握我的知识，一定能治好公主。据我所知，去年圣餐之时，公主吐的那口圣饼被大蛤蟆吃进肚里了。若能掀开祭坛前面的地板，找出这只蛤蟆，把圣饼从它肚中取出，让公主重新吃下，那公主便可恢复听力，像常人一样说话！”

狐狸接着说：“若国王掌握了我脑中的知识，就再也不用为饮水之事操劳了。实际上，水源就在国王花园里的那块大大的石头底下。那可是全世界最清澈的水，在那个地方挖口井，饮水问题就可迎刃

而解！”

“国王的果园是全国最好的，可结出的果子却是全国最坏的。原因嘛，我是心知肚明的，都怪果园外面的那一圈金栅栏。假若没有那圈栅栏，那个果园就能结出全国最好的果子。”兔子接口道。

大家你一言我一语地说着，不知不觉已是深夜，于是大家各回各家。

万籁俱寂，诚实进入了梦乡。清早的鸟鸣将他唤醒，他想起昨晚听到的对话，便取了椴树叶上的露水擦眼睛，眼前果真一片明亮。

诚实千里迢迢来到王宫，自我推荐为国王效力，国王欣然应允。

某天，国王在自己的花园中闲逛，可天热口渴，送来的饮用水却污浊不堪，难以入口。国王不禁感叹道：“这个世界上还会有比这更糟糕的水吗？”

诚实道：“若派人挪开那块大石头，挖个水井，清水就可以源源不断地涌出！”

国王决定试一试，于是命人挪开石头，挖掘水井。只挖了几下，泉水便汩汩流出，那水是如此清澈，即使放眼世界，也没有比这更清澈的水了。

后来又有一次，国王正在花园散步，忽然飞来只老鹰不断追逐园里的公鸡。人们不断高呼：“老鹰，老鹰！”国王非常想拿弓把它射下来，可眼睛不中用啊，他竟然不知该往哪儿瞄准。

“若有人能治好我的双眼，该多好！”

“陛下，我有办法。”诚实把治眼的办法一五一十地禀告国王，国王连夜找到了那棵椴树，清晨用椴树叶上的露水擦过眼睛，就恢复了视力。

此后，诚实便成了国王的左膀右臂，国王无论游玩还是出访，都要把诚实带在身边，和他形影不离。

某天，国王一行来到皇家果园，国王不禁遗憾道："我的果园是整个国家最好的，可是结出的果子却是整个国家最坏的，真是让人困惑。"

"陛下，只要除去这一圈金栅栏，这里就能结出全国最好的果子。"诚实说道。

国王再次采纳了诚实的建议，命他带人拆掉金栅栏。果不其然，果园很快就硕果累累，那果子甭提多甜了！国王把金栅栏赏赐给诚实，他因此变得十分富有。

后来，国王想到爱女惨遭不幸，不禁忧思满怀。

"美丽可爱的小姑娘听不见声音也说不出话，她内心得多么苦闷啊！"国王说。

"陛下，我能医好公主。"诚实答道。国王听到后，非常高兴，说只要爱女痊愈，就招诚实为驸马。

诚实来到祭坛前，翻开地板后，果然逮住了一只大蛤蟆，又从蛤蟆肚子中取出了那块圣饼。公主吃下圣饼，立刻就不聋不哑了。

国王信守诺言，将公主嫁给了诚实，他们的婚礼盛大而隆重。

全国上下一片欢腾，人群中出现了一个乞丐，分外扎眼。他一路走来，不停地乞求人们施舍一个面包给他。他一副可怜相，谁看到他，都会心头一紧。诚实认出了那个乞丐，那乞丐就是虚伪——他的亲弟弟。

“你还记得我吗？”诚实问。

“您的地位如此显赫，我和您能有什么交集？”虚伪答道。

“我们曾亲密无间。”诚实道，“也许你不记得了，就在去年，你让我双目失明！我曾说过，人如其名，虚伪，今天我又说了一次。可无论如何，你都是我弟弟，我给你食物，你吃饱后就去找那棵椴树，希望你能在那儿听到些对你有用的话……”

虚伪无心再听，满心想的都是：诚实不过在那棵椴树上睡了一夜，如今，半壁江山都是他的，我要是……虚伪马不停蹄地赶到椴树那里，爬上树静静等待。

没过多长时间，那群动物来了，再次在树下办起了派对。酒足饭饱之后，狐狸再次提议弟兄们讲讲故事。虚伪在树上打起精神，侧耳倾听，结果只听一声吼叫，那是熊的声音：

“去年我们的故事被人偷听了去，以后再也不讲故事了！”

动物们相互道别后离去，独留虚伪一人，一无所获。

聪明的牧羊人

很久很久以前，有一个淘气的牧羊人，他总是喜欢恶作剧，给别人添麻烦。

一天，他在放羊的路上，看见一位农家妇女头顶着一篮子鸡蛋经过。这个调皮的男孩灵机一动，捡起一块小石头，瞄准篮子猛地扔了过去。

“啪嗒！”鸡蛋全都碎了，顺着篮子流了下来，弄得农妇满头都是蛋黄和蛋清。

“你这个没教养的孩子！”农妇气得脸都红了，指着他大声喊道，“我诅咒你！除非你能找到会唱歌的苹果中的美女巴尔加利娜，否则你永远也别想长大！”

从那天起，奇怪的事情发生了。牧羊人变得越来越瘦小，不管他的妈妈怎么给他煮好吃的、喂营养的汤，他都越来越瘦弱。

“孩子，你到底怎么了？”妈妈担心地问，“是不是惹了什么人，被人下了诅咒？”

牧羊人不得不承认了实情：“妈妈，我那天恶作剧打碎了一位农妇的鸡蛋，她诅咒我说，除非我能找到会唱歌的苹果中的美女巴尔加利娜，否则我永远长不大。”

妈妈叹了口气：“那你只有一条路可走了——去寻找这位美女巴尔加利娜吧。”

就这样，牧羊人踏上了寻找美女巴尔加利娜之旅。

当他走到第一座小桥上时，看见一个小得不能再小的美人儿正坐在核桃壳做的秋千上荡来荡去。

“是谁来了？”小美人问道，她的眼皮很重，根本睁不开。

“是一个朋友。”牧羊人回答。

“那请帮我拉起眼皮，让我看看你是谁。”

牧羊人小心翼翼地帮她拉起眼皮，问道：“我正在寻找美女巴尔加利娜，听说她在会唱歌的苹果那里，你知道在哪儿吗？”

“这个我不知道，”小美人摇摇头，“不过我可以送你这块神奇的石头，将来一定会帮上你的大忙。”

牧羊人道谢后继续前行。在第二座桥上，他又遇到一位小美人，这次她正坐在鸡蛋壳里。他们进行了类似的对话，最后小美人送给他一把象牙梳子，说这会在关键时刻帮助他。

接着，他经过一条湍急的小溪，看见一个奇怪的人正在往口袋里装雾气。

“这位大叔，你在做什么呀？”牧羊人好奇地问。

“我在收集雾气，它们有特殊的用途。”那人回答，“你是要去哪儿啊，小朋友？”

“我在寻找美女巴尔加利娜，她被困在会唱歌的苹果里。”

“这个我帮不上忙，不过给你这袋雾气吧，相信会对你有用的。”

牧羊人带着这三件礼物，来到一座磨坊。令他惊讶的是，磨坊主居然是一只会说人话的狐狸！

“你好啊，牧羊人，”狐狸眨着充满机智的眼睛说，“我知道你在找什么。美女巴尔加利娜确实在会唱歌的苹果里，但想找到她可不容易。”

“请告诉我该怎么做，狐狸先生！”牧羊人急切地说。

狐狸压低声音：“你一直往前走，看到哪家门开着就进去。里面会有一个挂满小铃铛的水晶鸟笼，笼子里就有会唱歌的苹果。但要当心那里的老太太——她闭眼的时候是醒着的，睁眼时反而是睡着的。”

牧羊人谨记狐狸的话，不久就找到了那座房子。他蹑手蹑脚地走进去，看见老太太正闭着眼睛坐在那里，知道她现在是醒着的。

“小伙子，过来，”老太太叫住他，“看看我头上有没有虱子。”

牧羊人装作帮她检查头发，过了一会儿，老太太睁开了眼睛——这说明她睡着了！他立刻抱起水晶鸟笼就往外跑。

“丁零零！”鸟笼上的铃铛响了起来，惊醒了老太太。

“抓住他！”老太太尖叫着，立即派出一百名骑士骑着快马追赶牧羊人。

眼看骑士们就要追上了，牧羊人想起了第一位小美人送他的石头。他从口袋里掏出石头，向后一扔。

奇迹发生了！石头立刻变成一座陡峭的大山，遍布岩石和沟壑。追兵的马匹纷纷摔断了腿，不得不放弃追赶。

老太太更加愤怒，又派出了两百名骑士。当他们快要追上牧羊人时，他拿出了象牙梳子往后一扔。梳子立即变成了一座光滑无比的大山，马匹全都滑落山下。

老太太第三次派出三百名骑士。这次牧羊人放出了口袋里的雾气，顿时，他身后变成一片漆黑，追兵们在浓雾中迷失了方向。

安全了！牧羊人累得口干舌燥，想找点水喝，但四周荒无人烟。他从鸟笼里取出会唱歌的苹果，准备切开解渴。

就在他举起小刀时，突然听到一个细微的声音："请慢点切，不然会伤到我的。"

牧羊人惊讶极了，慢慢切开苹果，吃了一半，将另一半小心地放进口袋里。当他走到家附近的水井边想把剩下的半个苹果吃完时，从口袋里掏出来的却是一位娇小玲珑的美女！

"我是巴尔加利娜，"她说话的声音如同银铃，"我已经很久没吃东西了，你能给我找块面包吗？"

牧羊人把她放在井台上，承诺很快回来，就去家里找面包了。这时，一个农妇来井边打水，看见井台上站着一个小小的美女。

"哼，这么小却这么漂亮！"农妇妒忌地说，伸手一把抓起巴尔加利娜，狠心地把她扔进了井里。

牧羊人回来发现巴尔加利娜不见了，伤心欲绝。他不知道的是，接下来将发生一连串神奇的事情。

几天后，他妈妈从井里打水，发现水桶里有一条小鱼，就带回家煎着吃了。他们把鱼刺扔出窗外，没想到在那个地方竟长出了一棵树，而且长得飞快，不久就高大到遮住了整个房子的阳光。

牧羊人只好把树砍倒，劈成柴火带回家用。不久，他的妈妈去世了，他独自生活，仍然瘦小不长个儿。

一天，当他放羊回来，惊讶地发现早上留下的脏碗碟全都洗得干干净净，连续几天都是这样。

“到底是谁在帮我干活？”牧羊人决定查个究竟，就躲在门后偷看。

令他惊讶的是，一个小小的美人从劈好的柴堆里钻了出来，开始打扫房间、洗碗碟，然后从橱柜里拿出一块面包吃了起来。

“是你！”牧羊人惊喜地跳出来，“你是怎么到这里来的？”

“我就是巴尔加利娜啊，”小美女解释道，“当初被农妇扔进井里后，我变成了一条鱼，被你们吃掉了；鱼刺扔出窗外后，我变成了一棵树；树被砍倒劈成柴火后，我每天就会从柴堆里出来，在你回家前变回去。”

找回了美女巴尔加利娜，诅咒终于解除了。牧羊人开始一天天长高长大，巴尔加利娜也跟着长大。不久，他变成了一个英俊的小伙子，和美丽的巴尔加利娜结婚了，幸福地生活在一起。

吉丽科果拉

很久很久以前，有一位富商养育着三个女儿。一天，商人要远行做生意，临行前他把三个女儿叫到跟前，温柔地说道：“孩子们，爸爸要出门一段时间。为了让你们在我不在家的日子里能开心些，我想给你们每人一件礼物。说吧，你们各自想要什么？”

三姐妹经过仔细思考后，都表示想要纺纱线。大女儿想要金线，二女儿想要银线，小女儿吉丽科果拉则喜欢彩色丝线。父亲记下了她们的心愿，承诺一定会买回来。他叮嘱道：“在我不在的日子里，好好照顾自己，姐妹之间要互相关心。”

父亲离开后，吉丽科果拉每天都帮助姐姐们做家务。她不仅心地善良，容貌也是三姐妹中最出众的，这让两个姐姐心生嫉妒。当父亲带着礼物回来后，大姐抢先拿走了金线，二姐迅速抓起银线，只留下普通的丝线给吉丽科果拉。

“谢谢爸爸，”吉丽科果拉微笑着说，“这些彩色丝线真漂亮，我很喜欢。”父亲看到小女儿如此懂事，欣慰地摸了摸她的头。

午饭过后，三姐妹坐在窗前，各自开始纺纱。路过的行人都会忍不住停下来，看看这三位美丽的姑娘。最后，大家的目光总是会停留在吉丽科果拉身上，因为她不仅人长得美，纺纱的时候也特别专注、优雅。夜幕降临时，一轮明月升起，透过窗户看了一眼，轻声赞美道：

纺金线的姑娘很标致，
纺银线的姑娘更标致，
纺丝线的姑娘最标致。
美丽的姑娘们，祝你们好梦。

两个姐姐听完月亮的赞美，心中的妒火更加旺盛。第二天，她们命令吉丽科果拉："今天你用银线纺纱。"

吉丽科果拉不想惹姐姐们生气，便点头答应了。当晚，月亮再次升起，又说了同样的话，只是这次称赞纺银线的吉丽科果拉最标致。这让两个姐姐更加恼火，她们对吉丽科果拉说了许多难听的话。

"我做错什么了吗？"吉丽科果拉小声问道。

"别装无辜！"大姐冷冷地说，"你总是想引人注目。"

第三天，两个姐姐让吉丽科果拉用金线纺纱，想听听月亮会说什么。夜晚，月亮果然还是称赞吉丽科果拉最美丽。姐姐们再也无法忍受，一气之下将吉丽科果拉推进家里的粮仓，还上了锁。

"让我出来吧，姐姐们！"吉丽科果拉在粮仓里哭泣着恳求，"我保证不会再惹你们生气了。"但姐姐们充耳不闻。

当晚，月亮透过粮仓的小窗户，看到了可怜的吉丽科果拉。月亮轻声说道："别哭了，善良的孩子。你愿意跟我走吗？我会好好照顾你的。”

月光化作一座银梯，吉丽科果拉顺着月光离开了粮仓，来到了月亮的宫殿。

第四天傍晚，姐姐们坐在窗前纺纱。月亮升起后说道：

纺金线的姑娘很标致，
纺银线的姑娘更标致，
在我家的姑娘最标致。
美丽的姑娘们，晚安。

听到这话，姐姐们立刻跑到粮仓，发现吉丽科果拉不见了！她们找来一位老巫婆，问道：“我们的妹妹去哪里了？”

老巫婆看了看水晶球，回答说：“她现在住在月亮宫殿里，过着幸福的生活。”

“我们怎么才能让她永远消失呢？”姐姐们问。

“交给我吧，”老巫婆眯起眼睛说，“不过需要银子。”

姐姐们给了老巫婆一袋银子。老巫婆换上了鲜艳的衣服，来到月宫窗下叫卖：“精美的发簪，漂亮的发簪！小姐们，快来看看这独一无二的发簪吧！”

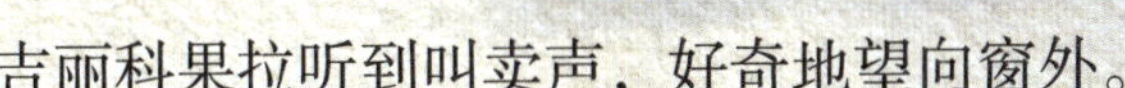

吉丽科果拉听到叫卖声，好奇地望向窗外。

“小姐，”老巫婆甜言蜜语地说，“这是专为像你这样美丽的姑娘设计的。要不要试一试？”

吉丽科果拉看到发簪闪闪发光，十分喜欢，忘了月亮的叮嘱：“不要随便让人进来。”她邀请老巫婆进屋。

“我可以看看那个发簪吗？”

“当然可以，亲爱的，”老巫婆笑着说，“让我帮你戴上吧。”说着，她迅速将发簪插入吉丽科果拉的秀发中。

发簪一碰到头发，吉丽科果拉立刻变成了一座精美的石像。老巫婆得意地离开，向两个姐姐报告了好消息。

月亮回到家中，看到吉丽科果拉变成了石像，既伤心又生气：“我不是告诉过你，无论谁来敲门都不能开吗？你不听我的话，现在知道后果了吧！”但月亮心地善良，最终还是取下了发簪。吉丽科果拉恢复了原形，惭愧地保证再也不会犯同样的错误。

不久后，两个姐姐听说吉丽科果拉恢复了，又找到老巫婆，给了她更多的银子。这一次，老巫婆带着精美的梳子来到月宫窗下。梳子上镶嵌着宝石，美丽极了。

尽管吉丽科果拉记得月亮的警告，但那梳子实在太漂亮了，她忍不住打开了门。“只看一眼，不会有事的。”她对自己说。

“来，试试这把梳子，”老巫婆说，“它会让你更加美丽。”

梳子一碰到头发，吉丽科果拉又变成了石像。

月亮回来发现后，叹了口气：“你又忘记了我的忠告。”这次月亮花了更长时间才取下梳子，吉丽科果拉恢复后，月亮郑重警告她：“这是最后一次，再有下次，我无法再救你了。”

吉丽科果拉跪在地上发誓绝不再犯错。

然而，姐姐们的嫉妒之心无法平息。第三次，她们给了老巫婆一大笔钱。老巫婆这次带来了一件绣满金丝银线的华丽衣裳，美得令人窒息。

吉丽科果拉看到衣裳，心中挣扎不已：“多美的衣裳啊！只是试穿一下，应该没关系吧？”

她终究敌不过诱惑，打开门邀请老巫婆进来。衣裳一穿上身，吉丽科果拉第三次变成了石像。

这一次，月亮回来后非常失望：“我已经给了你两次机会，你却还是不听劝告。”月亮无奈地摇头，“我不能再帮你了。”

月亮请来一位负责清扫烟囱的老人，把石像卖给了他。老人将石像放在驴背上，带着它在城中漫步。一位王子路过时，被这座栩栩如生的石像深深吸引，立刻用重金将它买下，放在自己的宫殿里细细欣赏。

“这是我见过的最美丽的艺术品，”王子常常对着石像说话，“你的眼睛似乎能看透人心。”

王子非常珍视这座石像，每次出门都会锁好房门。有一天，王子的妹妹们要参加一个盛大的舞会，她们想做一件像石像身上那样美丽的衣裳。趁着王子外出，公主们偷偷配了钥匙，进入房间，想要仔细看看石像的衣裳。

其中一位公主说:“这衣裳太美了，我想试试能不能把它脱下来看看做工。”

她们小心翼翼地脱下石像的衣裳。奇迹发生了！衣裳一离开石像，吉丽科果拉顿时恢复了生命，她伸展四肢，呼吸着新鲜空气。

公主们惊讶地后退几步。“别怕！”吉丽科果拉微笑着说，“我是被一个老巫婆害成这样的。”她把自己的遭遇一五一十告诉公主们。公主们很同情她，决定帮她。她们把吉丽科果拉藏在门后，等待王子回来。王子一进宫殿，发现石像不见，伤心极了。吉丽科果拉从门后走出来，柔声说:“王子，我是吉丽科果拉，谢谢你救我。”她把一切讲给王子听。

王子握住她的手，带她去见国王和王后，请求娶她为妻。国王为他们举办了盛大的婚礼，全国欢庆。老巫婆把消息告诉两个姐姐，她们嫉妒得晕了过去，再也没脸见人。从此，吉丽科果拉和王子幸福地生活在一起，而她的善良和坚强，也成了人们传颂的故事。

嵌满珠宝的靴子

从前有个年轻人，生在一个富商之家。不幸的是，他年少时便失去了父母，只剩下他和一个既美丽又聪慧的妹妹相依为命。这位年轻人完成学业后，因为他那出色的书法，被葡萄牙国王任命为皇家书记官。

有几封由他誊写的信件辗转到了西班牙王宫。西班牙国王看后赞叹不已："瞧这字迹，多么精美绝伦！若是这位书记官能为我效力，那该多好！"怀着爱才之心，西班牙国王给葡萄牙国王写了一封信：

尊敬的葡萄牙国王陛下，拜读贵使送来的信函，见贵国书记官字迹清晰，书法精湛，令寡人十分羡慕！我国实在找不到如此才华横溢之人，故冒昧致函，望陛下看在两国友好的情分上，将此书记官遣至敝国。若蒙恩赐，敝国上下必将感激不尽！

两位国王都十分看重外交礼节。尽管葡萄牙国王十分不舍，为避免不必要的冲突，也只好答应了这个请求，命令书记官立即动身。

“陛下，我自然愿意服从您的命令，”年轻人忧虑地说，“但家中只有一个妹妹，不知该如何安置。”

“书记官先生，这个问题我也难以解答，但你必须启程了。你妹妹是个知书达理的姑娘，有女仆照料，在家中待着就好，你放心去吧。”国王这样回答。

书记官只好带着不舍向妹妹告别：“亲爱的妹妹，哥哥不得不远行，去西班牙担任国王的书记官。你就安心在家，有女仆照顾你的生活。等我在那边安顿好了，就回来接你一起去西班牙生活。”

妹妹伤心地哭了起来。哥哥安慰道：“这样吧，我请画师为我们各画一幅肖像，这样即使相隔遥远，也能看着对方的画像，仿佛对方就在身边。”说完，他便这样做了。

西班牙国王为欢迎书记官的到来，举办了盛大的宴会，还请他当场展示书法技艺。国王非常信任书记官，把许多国家大事都交给他处理，常常说：“有劳您了，书记官先生。这事就交给您了……您是我的得力助手，事事都处理得妥妥当当。”

宫中的其他大臣对书记官心生嫉妒。上一任书记官、侍卫队长和骑士们都想方设法诋毁他。一天，侍卫队长向国王进言道：“英明的国王陛下，您竟如此信任这样的人！我说的是书记官先生，您对他推心置腹，却不知道他私下里都在做什么！”

“他做了什么？请详细说来。”国王问道。

“陛下，臣绝非胡言乱语。他每次回到住处，就会拿出一幅画像，一边看一边哭泣，然后小心地藏起来！”

国王起了疑心，亲自前往书记官的住所。“书记官先生，能否告诉我，这画中人是谁?”国王问道。

“陛下，这是我妹妹的画像。”书记官回答。

国王拿起画像，见画中女子容貌美丽，不由得心生爱慕。书记官注意到国王的神情，便向他详细解释了自己的家庭情况。

侍卫队长一直在旁边，他向来视书记官为眼中钉。他看了画像一眼，便脱口而出：“你们知道这画中人是谁吗？说来惭愧，我与她还是老相识呢。”

“你认识我妹妹？”书记官声音陡然提高，“这不可能！我妹妹从不出门，从不见外人。”

“但我确实与令妹相识！”侍卫队长坚持道。

“你在撒谎！”

两人争执不休：“事实如此，你无法否认！”“绝不可能，你在说谎！”“我说的全是实情！”

“争吵解决不了问题。如果你所言属实，真的认识书记官的妹妹，就拿出证据来。一个月后，若有确凿的证据，我将处决书记官；若无证据，我将处决你。”国王对侍卫队长说。

国王一言既出，侍卫队长立即踏上了寻找证据的旅程。他来到巴勒莫，到处打听书记官妹妹的消息。人们都说她美若天仙，但谁也没见过她，因为她从不出门。日子一天天过去，侍卫队长知道自己时日无多！

一天晚上，当他正在绞尽脑汁、冥思苦想之际，一位老妇人走过来乞讨：“好心的先生，施舍

点吃的吧！可怜可怜我，我快饿死了！”

“走开，老太婆！”侍卫队长喝道。

“求求您，我会报答您的！”老妇人恳求道。

“报答？你能怎么报答我？”

“先生，只要您说出您的难处，我一定尽力相助。”

侍卫队长将自己的困境告诉了老妇人。

“哎呀，这算什么难事！交给我吧，保证为您弄到证据。”老妇人信心满满地说。

当晚，暴雨如注，电闪雷鸣，夹杂着冰雹。老妇人独自来到书记官家门前，一边可怜兮兮地哭泣，一边装作冻得发抖的样子。姑娘听到哭声，便叫女仆打开门，把老妇人扶进屋。

女仆开门后，老妇人佝偻着身子进门来，边走边咳嗽道：“咳！咳！真是要冻死了！”

善良的姑娘将老妇人安置在火炉旁取暖，还让女仆给她准备晚餐。老妇人趁机仔细观察了房子的布局，特意记下了姑娘卧室的位置。夜深了，姑娘疲倦地上床入睡。老妇人趁机溜进姑娘的卧室，发现她右肩上有三根如金丝般的细毛，便小心地剪下来，用手帕包好。然后她给姑娘盖好被子，悄悄回到客房。

她继续装病，蜷缩呻吟，咬牙切齿地说：“天哪，我喘不过气来了，我得走！快开门啊！”

姑娘被吵醒，对女仆说：“送她出去吧，这样下去她睡不好，我们也休息不了。”

侍卫队长一直坐立不安地等待。老妇人把包着细毛的手帕交给他，他付给老妇人一笔丰厚的报酬，第二天就乘船返回西班牙。

“陛下，这就是证据，证明我与书记官的妹妹相识——手帕里是她右肩上的三根金色细毛！”侍卫队长向国王呈上证据。

“怎么会这样！”书记官羞愧难当，只能用手遮住脸。

“现在，你可以提出反证，一个月内，若提不出反证，就要处决你。带下去！”国王对书记官说。

侍卫队长伙同卫兵将书记官关进牢房，每天只给一块面包、一杯水。后来，狱卒可怜书记官，便私下给他送些食物。书记官与妹妹失去联系，痛苦不堪。一天，他向狱卒恳求：“请发发慈悲，帮我寄封信给我妹妹吧。”

好心的狱卒答应了。书记官在信中详细说明了事情的经过，然后把信交给狱卒，狱卒立即去投递。

妹妹很久没收到哥哥的信，对最近发生的事一无所知。终于收到信后，她急切地拆开阅读。“天哪！可怜的哥哥！我们怎么会遭受这样的不白之冤！”她伤心不已，但很快冷静下来，开始想办法救哥哥。

她把家中所有财物变卖，用所得的钱购买珠宝。然后她找了一位技艺精湛的珠宝匠，请他打造一只镶满珠宝的靴子——她要把所有珠宝都镶嵌在靴子上。接着，她又找了一位手艺高超的裁缝，为她制作一件黑色丧服。准备就绪后，她乘船前往西班牙。

刚一登陆，她就听到一阵喧哗。挤过人群，她看到士兵正押送一个蒙着眼睛的犯人走向断头台。人们的目光都被这位穿着黑色丧服，一只脚穿袜子，另一只脚蹬着闪闪发光的珠宝靴子的姑娘吸引了。她挤入人群，大声喊道：“求国王开恩！请陛下开恩！我有冤情要申诉！”

人们见她穿着丧服，知道必有蹊跷，纷纷让开一条路。她的呼喊传到国王耳中。“停一下！去看看是怎么回事。”国王命令道。

“陛下开恩！请陛下开恩！我有冤屈，陛下！”

国王见是位美丽的姑娘，便说：“有什么冤屈，请说出来。我会为你主持公道。”

“陛下，您的侍卫队长偷走了我的一只靴子，和这只一模一样的靴子。”她边说边抬起脚，让国王看清那只镶满珠宝的靴子。

国王惊讶不已，转向侍卫队长质问道：“想不到你竟做出如此卑鄙的行为！你还有什么颜面站在这里！”

侍卫队长浑然不觉这是个计谋，急忙辩解：“陛下，我从未见过这位姑娘啊！”

“您怎能否认？说出的话就像泼出去的水，收不回来了！”姑娘继续引导道。

“我对天发誓，从未与你相识！”

“那您又怎么说曾与我相识呢？”

“我何时说过这话？”

“我就是书记官的妹妹啊！您为了陷害我哥哥，欺骗国王说认识他的妹妹！”姑娘揭露了真相。

侍卫队长这才知道自己欺君之罪败露，只得认罪伏法。真相大白，国王明白书记官的妹妹是清白的，便下令释放书记官，让他继续担任自己的左右手。侍卫队长则被蒙上眼睛，送上了断头台。书记官兄妹悲喜交加，紧紧相拥。

国王与书记官兄妹一同回到宫中。他见书记官的妹妹不仅美丽聪慧，而且机智勇敢，便迎娶她为王后。从此，他们过上了幸福的生活。

有魔力的玫瑰花

从前有个国王，他有一个独生女儿，是绝代佳人。多少人想看他女儿一眼，但都不能如愿，因为公主从来不出王宫。

也门国王的儿子听到这公主的名声，非常想看一看。他离开自己的国家，出发上路了。他想：我无论如何都要见到她。

到公主的国家，得走七年的路。

“不管怎样，我总有一天会走到的。”王子下了这样的决心。

他不知走了多少路，钱用光了，衣服也破损了。他被迫乞讨，今天人家给了才有吃的，明天人家不给，只好挨饿受冻。

他就这样走，走了好久好久。一天，他来到一个地方，这地方有许多花园和果园。当时正是盛夏酷暑，他渴得慌，便走进一个花园，又走进一个果园，从树上摘果子吃。他这样走着、吃着，不知不觉来到一个大花园。

那花园里有一个亭子，亭子里躺着一个女人。她是管花园的，三天才醒来一次，巡视一下花园后又睡。

王子只顾着吃水果，偏偏这时那女人醒来巡视花园。王子一看见她，就怕得什么也不想吃了。“啊，她马上会把我撕得粉碎，怎么办？”王子这么想，急忙藏到树后去。

其实那女人早就闻到他的气味，直朝他走去。“她马上要看见我了，看来这下要完了。”王子想着，从树后走出来。

“您饶了我吧。我求您……不要伤害我！”

“你怎么来的？快说！”

“也许是命运带我到这里来的。”王子神情悲哀。

女人见他可怜，便问：“孩子，你像个流浪汉。你为什么到这里来？”

王子不知是害怕呢，还是怀着希望，立刻向她诉说了全部经过。他想：“也许我告诉她实情，会得到她的宽恕，让我找到我要找的人。”

“哎哟，孩子，到那国家还有九个月的路呢！即使到了那里，也不见得能见到公主。你不信，那就走吧。但最好不要去，不然你会害了自己。”女人劝告他。

可王子回答说：“不，我是为了爱情来的。我一定要找到她！”

女人这时说：“你不知道，这公主被施了魔法，她不想见任何人，也不可能爱任何人。你想见她，只有破了这种魔咒才行。”

“我该怎么破呢？”

“孩子，到现在我还没对任何人透露过这个秘密。但我可以告诉你，因为你已经为她受了那么多苦，我愿你的心愿能够实现。你从这里出去，走到一个花园，看见一丛白玫瑰花。如果能从中摘下一朵花，插在公主的头发上，那么魔咒马上就不灵了。公主自己会想见你，哪怕你想走，也会有人找你去见公主。”

王子道了谢就出发了。不知走了多久，有一天，他终于来到那个花园。花园门口站着一只很大的猫。

“哎哟哟！这是什么怪物，是狮子还是老虎？我该往前还是逃走？”王子想，“不管怎么样，继续走吧。”于是他走到猫跟前。

原来就是这猫给公主施了魔法，她是那个管花园女人的大女儿。她看见王子，为青年人的热情所感动，给他指了路。

就这样，王子进了花园，真的看见一丛白玫瑰花。那玫瑰花开得绚丽。他看得出神，不知道该摘哪一朵。当他小心地摘下一朵时，花园里响起了可怕的警报声。

“唉，要是不摘这一朵就好了。现在怕有什么灾难了。”王子赶紧向花园门口跑。

他一看，前面已经不是一只猫，而是两只：瞪着眼睛，吐着舌头。“嗨，青年啊，快跑！否则我们要吃掉你。你不知道，我们的三妹可厉害了。”

王子飞快地跑出花园，一直朝公主的国家跑。他跑得那么快，就是弓箭也追不上。他回头看看，心里很高兴：好了，谢天谢地，总算摆脱了她们。

不久，王子终于跑到他朝思暮想的国家。可是他已经变得不像样了。他走进旅馆，说：“光荣属于也门。”大家马上就知道，他是从遥远的国家来的。有人问他从哪里来，到哪里去。

“我是骆驼商队的主人，被强盗抢走了商品和金钱。我已经流浪六个月了。”他答道。

大家听了很同情他，把他当客人一样对待，又是给吃的，又是给喝的。

王子发现旅馆里有许多青年人，他们三五成群地在谈论什么，仔细一听，他终于明白，他们在谈论那位公主。这些青年人也都渴望见到公主。

“要是我们能骗过她的奶妈就好了。就是这个老太婆，什么人也不让公主见。”他们都这样说。

王子暂时想不到好主意，在街上漫无目的地走来走去。突然有一个衣着整洁的老太太迎面走来，衣服发出窸窸窣窣的声响。

“这莫不是公主的奶妈？我同她谈谈看，兴许能打听到什么。”王子想着走上前去。

老太太看出他是一个异乡人。“孩子，你到哪里去？”她问。

“我是个穷人，以卖玫瑰花为生。我家花园种着玫瑰花，我到这里来是为了卖掉它们。现在只剩下一朵了。”王子答道。

“给我看看你的玫瑰花。”

王子拿出玫瑰花给老太太看。

“啊，多好看的花！要卖多少钱？”

“这玫瑰花只喜欢年轻的姑娘。”

“孩子，我买它并不是自己要。我是国王女儿的奶妈，我是想买来送给她当礼物……”

她的话还没说完，王子马上说：“反正只有一朵，您拿着吧，将这玫瑰花送给您要送的人吧。”

老太太拿着玫瑰花回到王宫，公主把它插在头发上。顿时，她心里燃起了爱情的火焰。青年人的热情传到她身上，她不知道自己该怎么办才好，只好请求奶妈："奶妈，我感到不舒服。您去告诉我父王，让我到花园走走，我觉得寂寞。"

国王听了很奇怪："哎哟哟，我的孩子怎么啦？她从不想到外面去……她难道要死了？"因为担心孩子的安危，父亲只好答应女儿同奶妈到花园里去。

她们在花园里散步，走来走去。后来公主忍不住问奶妈："奶妈，您从哪里弄来这朵玫瑰花的？为什么我一戴上它，就感到心里燃起了一团火？"

"是一个青年送给我的，我拿来送给你了。"

"奶妈，您行行好，让我去见见那青年吧。"

"傻孩子，我们在街上相遇，谁知道他现在到哪里去了！"

"随你怎么办，这青年我是一定要见的。不然，我去告诉父王。"

听公主这么说，奶妈慌了："用不着劳烦国王，我找到了带他来见你。"

老太太走出王宫，王子已经在门口等着。

老太太一看见王子，就叫："孩子，我将你的玫瑰花拿去送给公主，公主一戴在头上，马上就病了。现在她要见你，你跟我一起去，我可以给你五个铜币。"

这正合王子的心意，他说："好吧，我去。不过我不要钱。"

老太太高兴地把王子带到王宫门口。那公主从窗口一望，立刻就爱上了王子。国王见到王子后，问他是怎么回事。当王子讲了一切的经过后，国王说：“孩子，你使我女儿免受一场巨大的不幸，我要让你们成为夫妻。”

四十天后，王子和公主举行了婚礼，幸福地生活在了一起。

聪明的宝石匠

在拉陀斯十八岁的时候，他的父母就去世了。他现在是一个人生活在世上了。

“我到大城市里去吧，”他这样决定，“或许在那儿可以找到工作。”他准备妥当，就动身了。拉陀斯在城里的街道上走了很久。拉陀斯从来没有到过城里，这里的一切事物都使他觉得新奇。在一条街上，他忽然看见一户人家的窗口有几件特别华丽的物品：一些小匣子、手镯、贵重的器皿。它们闪出各种颜色的光芒。这是一个宝石作坊，有许多人在里面干活儿。拉陀斯在窗外看了很久，看着工匠们用灵巧的手把金、银、宝石变成华丽的物品。他十分喜爱宝石匠的工作。

“我应该在这个地方干活儿!”他决定了，就走到作坊里去。

“你要什么?”作坊主人问。

“我想学做漂亮的物品，收我当学徒吧。”拉陀斯请求说。

“学徒吗？你年龄太大了。开始学习宝石匠的手艺，年龄不应当超过八岁。”

“没关系，我努力加紧学好了。”拉陀斯坚持说。

“你怎样缴付学费呢?”主人又问。

“我缴不起学费，我一点钱都没有，又没有能够替我缴学费的亲戚。可是，我可以努力干活儿，您会对我满意的。我绝不闲坐一分钟。”

“好吧，就这样，留下吧。”主人想了一会儿说，“你在门边工作，在那儿睡觉。”拉陀斯成了宝石匠的学徒。起先别的学徒都笑拉陀斯，看见他干活儿笨手笨脚，就逗弄他。但是他们很快就不笑话拉陀斯了。到了第二天，他学得已经不比大多数人差了。一个星期的光景，他学到了别人花两年工夫才学到的东西。这个年轻人有一双巧手，他学什么都学得会。过了两个星期，拉陀斯已经能够制造宝石戒指、耳环和手镯了，做出来的东西并不比做了多年的工匠差。

“我真不知道把拉陀斯当作什么人看待好，”作坊主人对妻子说，“或许他本就是一个有经验的宝石匠，只不过把手艺隐藏起来罢了；或许这个小伙子是个好运的人。”

“我想他不会欺骗你，”妻子回答说，“照我看，他从来没有说过谎话。”过了一个月，拉陀斯出师了，主人留他当工匠帮手。

有一次，拉陀斯同主人经过王宫，他看见王宫门前安着一根木桩子，上面有一颗头骨。

“这是什么意思?”他问主人。

主人说:“我们国王有一个独生女黎碧娜，长得十分美丽，在全国都找不到那样的可人儿。但是不幸的是，她从十二岁起就不能说话了，现在已经是第五年了。她读书、散步、刺绣，但是做什么事情都不出声。无数的医师给她医治，但都不见效。三年以前，这儿曾经来过一位智慧过人的女预言家。她说公主被施了魔法，必须等到一个青年来使她说话，魔法才会解除。国王颁布了一道命令：谁能使他的女儿说话，就把女儿嫁给谁做妻子。许多青年来到宫里，每个人都想方设法和公主交谈，但是毫无效果，这使得国王逐渐感到厌烦。于是国王又下令，来医公主的人如果三天之内不能把公主医好，就要被砍头。宫里不再拥挤，想要碰碰运气的那些人都各自回家了，因为谁都不愿意丢掉自己的脑袋。

“过了很久才有一个英俊的青年来到王宫，他求国王让他试一下，看是不是能医治公主。国王答应了。

“据说，那个青年在公主面前跪了三天，只请求她说一句话，可是公主连一个眼神也没赏给他。那个青年就这样丢掉了脑袋。这头就摆在这儿示众。从此以后，再没有人想来碰运气了……”

拉陀斯对主人讲的故事感到很惊奇。他可怜那白白送命的不幸青年，也可怜不能说话的美丽公主黎碧娜。

拉陀斯在主人那里干了一年活儿，成了一位手艺出众的宝石匠。有一次，国王派一个侍从到宝石作坊来。

“国王下令给公主制造几件贵重的饰品，”他对作坊主人说，“这些饰品要制造得前所未见的美丽。”

“好吧，”宝石匠回答说，“我来做。”侍从走了以后，主人挠了挠后脑勺，他不知怎样来完成这个任务。

“主人呀，发生了什么事情？”拉陀斯问。主人把事情讲了。

“别发愁。我来给公主制造饰品。”

“连我都没把握干的活儿，你能做好吗？再说，我不知道你是否能承担这个活儿，又怎能拿许多金子和宝石来供你浪费呢？”

“那么您就随便给我一件东西做吧，如果做出来还合意，再做另外一件东西好了。”主人给了拉陀斯一点金子和宝石，拉陀斯马上动手干活儿。

当拉陀斯把做成的宝石戒指拿给主人的时候，老宝石匠感到十分惊奇！这个宝石戒指真是美丽无比。老宝石匠很高兴，就给了拉陀斯更多金子和宝石，让他把剩下的几件饰品做好。

拉陀斯日夜操劳，最后全部做好了。他还做了一个小银匣子，把做成的珍贵饰品放在里面，拿来交给主人。

主人看到这一切，抱住拉陀斯的脖子说：“从今天起，你是我的师父了！我再也指点不了你什么了，你已经远远地超过了我。”

的确，这样的活计只有伟大的工匠才能做出来。那些精雕细琢的项链，奇异的耳环、手镯和其他的饰品，简直使人挪不开眼睛。那些饰品上的金银花纹，细得就像蜘蛛丝，而

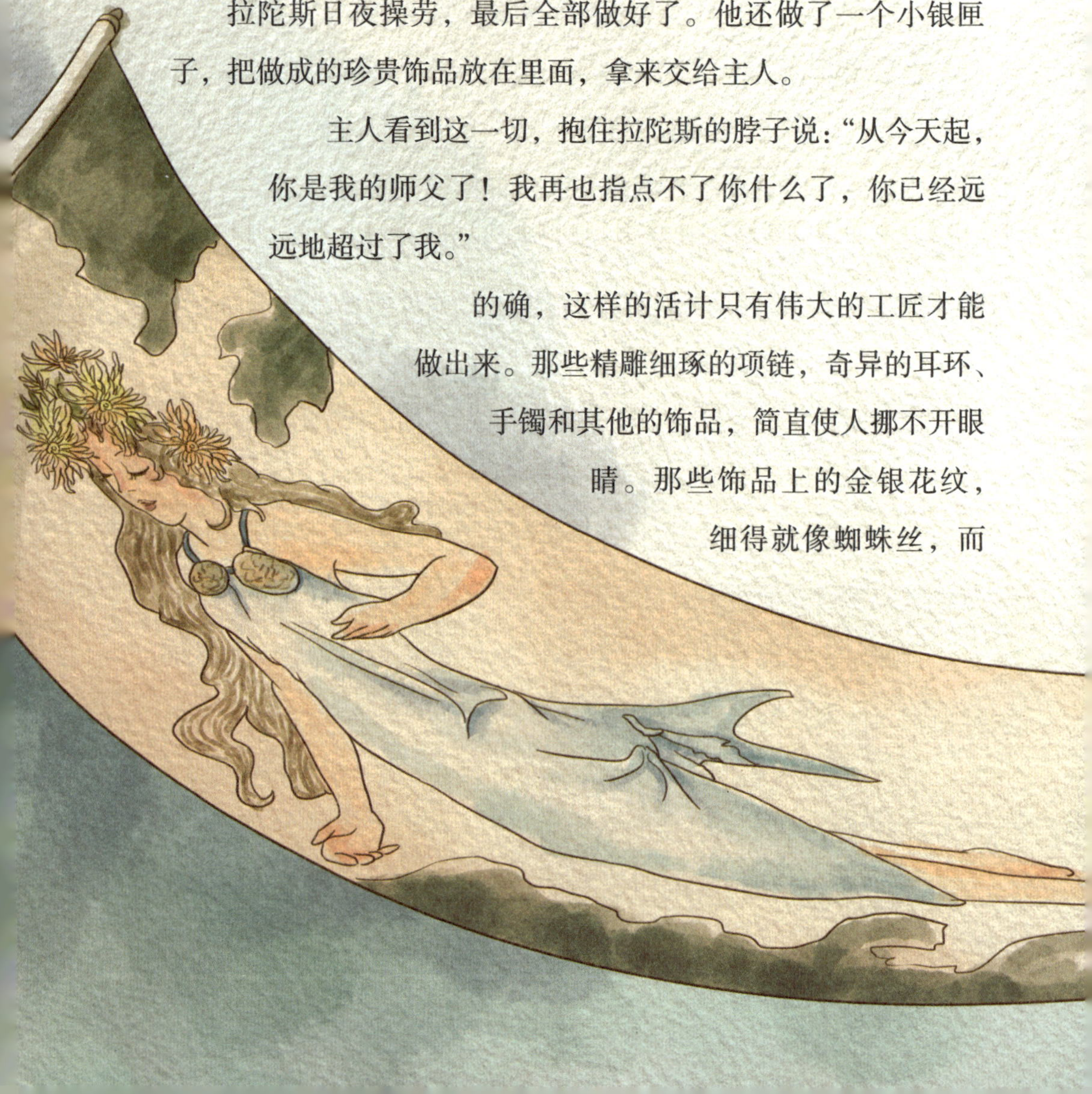

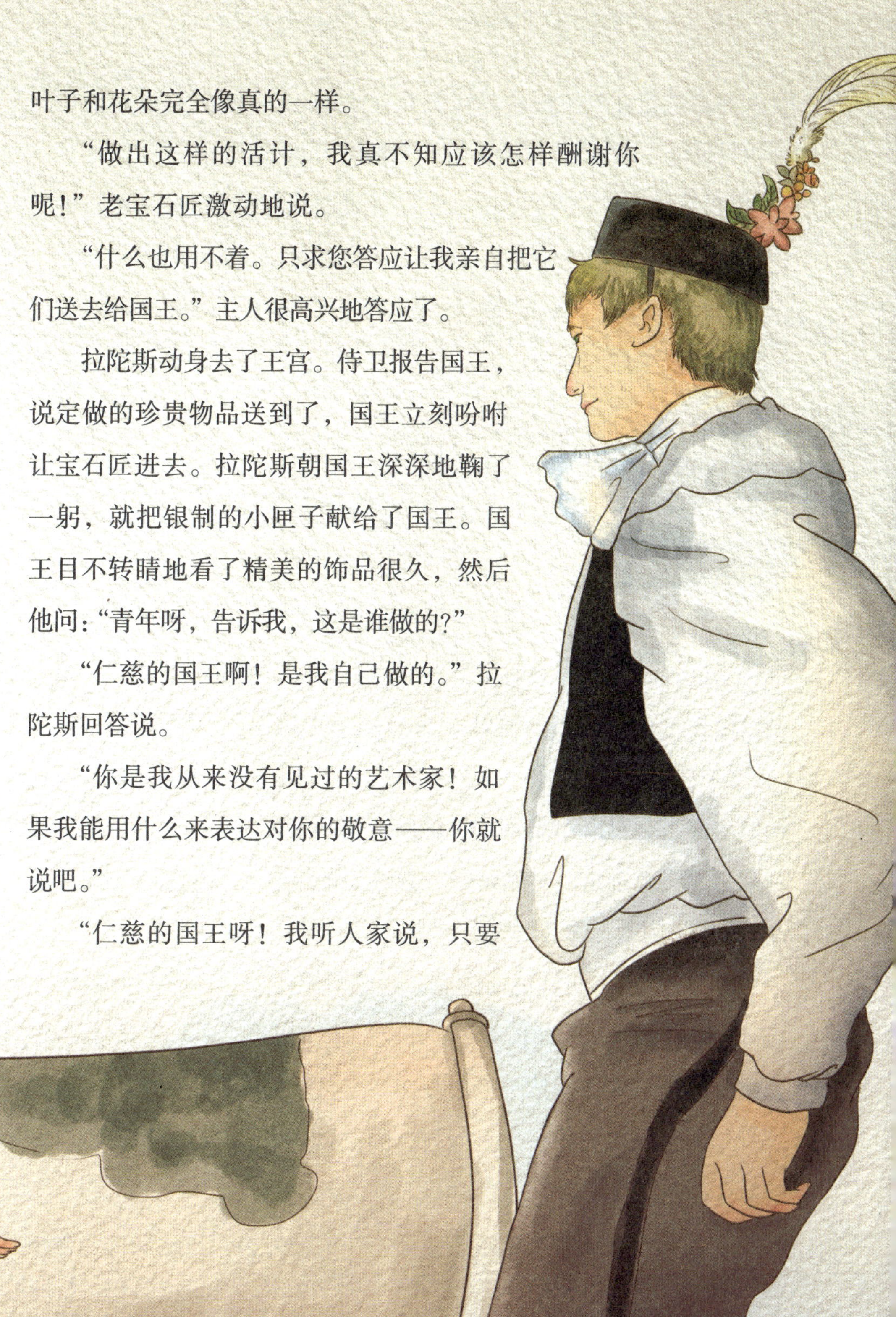

叶子和花朵完全像真的一样。

“做出这样的活计，我真不知应该怎样酬谢你呢！”老宝石匠激动地说。

“什么也用不着。只求您答应让我亲自把它们送去给国王。”主人很高兴地答应了。

拉陀斯动身去了王宫。侍卫报告国王，说定做的珍贵物品送到了，国王立刻吩咐让宝石匠进去。拉陀斯朝国王深深地鞠了一躬，就把银制的小匣子献给了国王。国王目不转睛地看了精美的饰品很久，然后他问：“青年呀，告诉我，这是谁做的？”

“仁慈的国王啊！是我自己做的。”拉陀斯回答说。

“你是我从来没有见过的艺术家！如果我能用什么来表达对你的敬意——你就说吧。”

“仁慈的国王呀！我听人家说，只要

有人愿意试着让公主说话，就能够去见公主。我想试试看，请您允许我见见公主吧。”拉陀斯紧张地等着国王回答。

“当然啦，年轻人，”国王说，“你可以试着医治公主。不过你是否知道，若不成功你会怎么样呢？”

“我知道的。”拉陀斯回答说。国王唤来一个侍从，吩咐他带拉陀斯到公主住的地方。国王暗中叮嘱侍从，叫他偷听那里发生的事情。

侍从领着拉陀斯穿过无数的厅堂，它们一个比一个奢华。最后他们来到公主住的地方。侍从打开最后一扇门，就向拉陀斯做手势，叫他走进去。

黎碧娜公主坐在她那房间的窗户旁边，用金线在那里刺绣。拉陀斯走进去的时候，她的脸上没有一丝变化，连看都不看拉陀斯一眼。这公主好像没有生命似的，就跟墙上金框里她那幅画像一样。

拉陀斯向公主行了一礼，可是没有和她说话。他走到黎碧娜的画像前面，对它说：“美丽的肖像呀，你来解决宫里的大问题吧：雕刻家用木头雕刻出一位姑娘来，裁缝为她缝制衣裳，而第三人使她说话，究竟那姑娘一辈子感激谁呢？”

“不感激那个叫她说话的人，还感激谁呢？”公主忽然说话了，接着又继续刺绣。拉陀斯鞠了一个躬，退了出来。他心里非常高兴：公主说话了！侍从虽然听见了一切，可是他很嫉妒：这样一个普通的青年居然能够成功！于是他告诉国王，公主一句话也没有说。国王命令拉陀斯在王宫里再待一天。

第二天，侍从又带拉陀斯到公主住的地方去。拉陀斯向画像提出同样的问题。公主回答说：“我昨天已经对你说过，她一辈子感激第三个人。”虽然偷听了这番话，但是侍从仍然报告国王，公主一句话也没有说。

第三天，国王想亲自去听听。拉陀斯走进公主的房间，又对画像提出同样的问题。“我已经对你讲过两次了，说那姑娘一辈子感激叫她说话的那个人。你还需要问什么呢？”黎碧娜说完，就从桌子旁边站起来。国王立刻跑进去，高兴得哭着抱住了女儿。

魔法解除了。国王感激地对拉陀斯说：“年轻人，你解除了我最大的痛苦！我该怎么赏赐你呢？”

“仁慈的国王呀，”拉陀斯回答说，“我有一个不情之请，美丽的公主是不是愿意我做她的丈夫呢？”

“你用你的智慧，从魔法里把我救了出来。除了你，我再不愿意嫁给别人了。”黎碧娜说完，就把手递给拉陀斯。

这个消息立刻传遍全城：医好公主的人是个普通的宝石匠。过了不久，他们举行了婚礼。婚礼上，公主佩戴着珍贵的饰品，这些宝物都是她的新郎亲手为她打造的。

拉陀斯继承了王国，兢兢业业地治理国家，从没有一个国王像他那样英明，因此人民都爱戴他。他有几个儿子，每个儿子都从小学一种手艺。至于他们能不能像他们的父亲那样聪明，那就不得而知了。

贝帕卡和玛林卡的故事

从前，有户人家，家里有两个女儿——贝帕卡和玛林卡。她们的母亲十分偏心。母亲将大女儿贝帕卡视若珍宝，对她有求必应，关怀备至；可是却十分憎恶小女儿玛林卡，时常对她恶语相向。大女儿贝帕卡除了享乐和打扮，什么都不会；小女儿玛林卡承担着所有家务活儿，自己却连一件干净的衣服都没有，只能天天穿一件破烂脏污的黑衣服——那是她唯一的一件衣服。玛林卡心地善良，日日辛勤劳作，希望获得母亲和姐姐的认可。但事与愿违，她们不但不认可她，还时常侮辱她。

有一天，玛林卡实在是忍无可忍了，便对母亲说："妈妈，我实在是受不了了。我要离开这个家，替人帮佣，挣钱养活自己。"

她的母亲装出语重心长的样子说："去吧，孩子，出去见见世面对你总是有帮助的。"其实她心里想的是："就你这样一个小姑娘，从来都没出过门，对外面的世界一无所知，能干什么活儿！有你后悔的时候。"

次日清晨，玛林卡走出家门，只随身带了一大团线。她出了村，就把线团放在地上，道："线团啊线团，你滚一滚，我就跟着你滚动的方向前进。”

线团一路滚个不停，滚到一棵苹果树下停住，那里遍布青苔。苹果树开口道：“亲爱的玛林卡，请你帮我洗个澡，把我的枝干刷得干净些。我不会让你白忙活，一年之后，给你满树苹果。”玛林卡按照苹果树的吩咐干起了活儿。她刷呀刷，把整棵树都刷得干干净净的，漂亮极了。苹果树对她深深地鞠了一躬，表达自己的感激之情。玛林卡刷完苹果树就继续上路了，她再次拿出线团，道：“线团啊线团，你滚一滚，我就跟着你滚动的方向前进。”

线团滚啊滚，滚到一口水井旁边，这里本来满是甘甜的井水，可是井眼却被污泥堵住了。水井开口道：“可爱的姑娘，麻烦你帮我清清淤泥。我不会让你白忙活，一年之后，给你用不完的清水。”玛林卡二话不说，挽起袖子，开始埋头清理淤泥。一会儿工夫，井水便清澈明亮，如同镜子一般。

玛林卡再次跟随着线团的指引上路了，线团不急不缓地滚着，玛林卡就在后面紧紧跟着。线团滚啊滚，直滚到一个旧炉子前，炉膛内满是烟灰和杂物。“善良的姑娘，请你帮我清扫一下吧，一年后，若你再来，定有惊喜。”玛林卡立即搜集树枝扎成笤帚，然后跪在地上开始清理炉膛内的烟灰和杂物。终于清理完了，炉子又可以用来烘烤面包了。

玛林卡再次将线团放在地上，这次线团带着她来到森林，停在一间小屋前面。玛林卡上前叩门，一个老太太探出头来，问：“你一个小姑娘，在这里东瞧西看的，有什么事儿？”

“老奶奶，我想找点活儿干，您要帮佣吗？”玛林卡彬彬有礼地道。

“要呀，我正愁活计太多，没人干呢。我家里有一只猫、一条狗，我不在家时你要替我尽心喂养他们。一定得尽心啊，不然我回来，他们会告状的。”

老太太说完就离开了，房子里只剩玛林卡，她便开始按照吩咐干起活儿来。玛林卡不停地烧火煮饭，每次吃饭时，她都会先让猫和狗吃饱，自己总是最后才吃。小猫、小狗十分亲近玛林卡，总是依偎在她的脚边，享受玛林卡的抚摸，听她讲故事。一连三日，玛林卡和他们相处得十分融洽，感情好极了……

第三日夜间，突然传来了重重的敲门声。玛林卡心里害怕极了，只得向小猫、小狗求助：“猫咪、狗狗，咱们能不能开门啊？”

“不能开，不能开，你告诉她，把储藏间的三只箱子给你一只才给她开门。”

敲门声更响更急了，玛林卡忐忑道：“要想开门，得答应给我一只箱子。”

“没问题，给你一只箱子。里面的箱子你随便挑，那个彩色的也能挑哦!”门外的女巫痛快地答应了。

玛林卡刚到储藏间，猫咪和狗狗就一起跳上同一只箱子，然后对她说:“选这只，选这只，不选别的。”

这只箱子看起来再寻常不过，但玛林卡还是将它提起，走出了房门。门外站着一匹骏马，毛色如雪，漂亮极了。玛林卡还没明白过来，白马已将她驮在背上，向着家的方向飞奔而去。在玛林卡看来，她离开家不过短短几日，可事实上，她离家已有一年之久。

白马驮着她来到炉子前，炉膛内正烤着面包、蛋糕、饼干等各种食物，香气四溢。炉子开口道:“善良的姑娘啊，这里的东西你随意拿，拿多少都可以。没有你的帮助，就没有这一切。”玛林卡什么都没拿，就继续上路了。

白马继续驰骋，停在了水井边。水井开口道:“姑娘啊，喝口水吧，喝了我的水，永远不会渴。”玛林卡委婉地拒绝了水井的好意。

白马继续驰骋，来到苹果树下。苹果树上硕果累累，红彤彤的苹果把树枝都压弯了。苹果树开口道:“亲爱的姑娘，树上的果子你随意摘，摘多少都行。没有你的好心，哪有这些果实，它们本就属于你。”玛林卡一个苹果也没摘，就继续上路了。

不一会儿，白马驮着玛林卡回到了她的家中。进了院子，白马突然消失，狗狗神奇地出现，兴奋地叫喊着:“汪汪汪！主人回来了，我们的女主人带着金银回家了。”

母亲见玛林卡提着箱子带着狗回了家，勃然大怒。她随手抄起铲子，跑到院里赶走了狗狗。玛林卡为此伤心不已。

全村人都跑到了玛林卡家。众人见玛林卡离家一年归来只带着一只寻常的旧箱子，都十分诧异。箱子一开，大家都惊呆了：箱子里装满了闪闪发光的金银，还有许多漂亮的衣服。那些衣服都是绸缎做的，略微一动就沙沙作响，简直跟王后的华服不相上下。母亲也大吃一惊，便对贝帕卡说："你看看，这个小妮子福气还不小，出去一趟就挣了许多钱，还带回来那么多漂亮衣服。不如你也出去闯闯，挣些钱，别天天待在家里。"

贝帕卡也动了做帮佣发大财的想法，便学着玛林卡的样子带了一大团线出门。线团同样将她带到了苹果树前。苹果树恳求道："亲爱的姑娘，麻烦你帮我刷刷树干吧！"

贝帕卡蹙着眉头，头也不回地跟着线团离开了，一直到了水井边。水井被垃圾包围，脏乱不堪。

"善良的姑娘，麻烦你帮我清理清理垃圾吧！"水井言辞恳切。

"你说什么，帮你清垃圾？脏死了，我才不要。"贝帕卡高傲地摇了摇头，走了。

她跟着线团一路来到了炉子前，炉膛内满是烟灰和杂物。

"亲爱的姑娘，麻烦你帮我清一清垃圾，好吗？"炉子恳求道。

"你闭嘴吧，我才不会干这种脏活儿！"

贝帕卡觉得自己简直倒霉透了，一天下来，碰到的都是这些又脏又臭的东西。她瞧瞧自己白嫩的双手，傲慢地想："这双手怎么能做那种粗活儿！"

贝帕卡继续跟着线团前进，她走进森林，眼前有座十分漂亮的屋子，门外站着一个老太太。“您这儿缺帮佣吗？”贝帕卡凑上去，问道。

“正缺一个，来了得帮我喂养猫狗。必须把他们伺候好，否则他们可是会告状的。”

说完话，那个老太太就消失了，屋里只有贝帕卡一人。她给自己做了一顿丰盛的晚餐，却没有给猫咪和狗狗准备食物。猫咪和狗狗一直跟在她身后大叫，她气急败坏地拿起笤帚驱赶他们，最后实在没办法才给他们吃了些残羹冷炙。一连三日，无一例外。

第三日午夜时分，突然传来了敲门的声音，贝帕卡害怕极了，便跳下床，向猫咪和狗狗问道：“喂，你们两个小东西，快告诉我，开不开门？”

猫咪和狗狗爱搭不理地道：“你天天给自己做好吃的，我们只有吃剩饭的份儿，还是问你自己吧！”

敲门声越来越大、越来越密，贝帕卡央求猫咪和狗狗指点她一下，可他们回答她的还是上面那句话。贝帕卡万般无奈，只能硬着头皮开了门。门一开，女巫就闯了进来。她看都没看贝帕卡一眼，径直来到猫咪和狗狗跟前。猫咪和狗狗的满腔怨气终于有了倾吐之处，便开始告状：“她只顾自己，天天吃香的喝辣的，我们只能吃剩饭。”

“竟然有这样胆大妄为的帮佣，你被解雇了，赶紧离开这儿，快走！等等，你过来一下，为了给你留点面子，我打算付给你一些报酬。”

女巫带贝帕卡来到储藏间，猫咪和狗狗也紧随其后。女巫让她从储藏间的三只箱子里挑一只带走。

贝帕卡不知如何选择，便征询猫咪和狗狗的意见。猫咪和狗狗对她不理不睬，她便自作主张挑了那只最好看的箱子，费了九牛二虎之力搬起箱子扛在肩头，走出房间。门外同样站着一匹白马。贝帕卡想骑马回家，便对白马说："白马，白马，箱子太沉了，腰都要压断了，你送我回家吧！"

"这有何难，你扔下箱子回家不就行了。"白马说罢，仰天长啸，便不见了。

贝帕卡没办法，只能将箱子扛在肩上，朝家里走去。她走啊走，饥肠辘辘，刚好来到了炉子跟前。炉子里烤着蛋糕、面包，香气四溢。贝帕卡伸出手去拿面包，面包一下子就逃了开去。她再伸手去拿蛋糕，还是一样。

"炉子啊炉子，我要饿死了，求求你给我些面包吧，一个也行。"

"你目中无人，吃不到面包。"

贝帕卡什么也没吃到，只能饥肠辘辘地继续赶路。她饥饿难耐，疲惫不堪，汗流浃背，口干舌燥，站都站不稳了。她心想："哪怕只是喝口水也好啊！"这时，她看到了不远处的水井，别提多开心了，三步并作两步跑到井边。

"水井啊水井，我渴极了，让我喝个够吧！"

水井对她爱搭不理，也没有给她一滴水，她只得扛着那只重重的箱子，拖着沉重的脚步继续向前。

她看到了苹果树，树上挂满了果实。她高兴极了，便伸手去摘树上的苹果，谁知苹果一闪就没了。她将手伸向另一个苹果，结果还是一样。贝帕卡一无所获，只能靠唾液解渴。她的腿像灌了铅一样沉，再也走不动了。她很幸运，在这个时候，到家了。突然有只狗蹿出来，冲她狂吠：“汪汪汪，懒丫头回家来了，懒丫头带着蝎子、毒蛇回家了！”

母亲闻声而出，随手抄起叉子，赶走了狗狗。贝帕卡兴冲冲地搬着箱子来到屋内，把箱子一开——天呀，满箱的毒蛇、蝎子一拥而出，全都扑向了她。臭水不断从箱子中涌出，将贝帕卡整个人都淹没了。

十二只野天鹅

很久很久以前，有一个国家住着幸福的国王和王后，他们有十二个英俊的儿子，但没有女儿。

人们总是对自己拥有的东西不够珍惜，反而渴望得到那些没有的东西。王后也是这样。

一个寒冷的冬日，大地覆盖着厚厚的白雪。王后站在宫殿的窗前往外望去，看见院子里有一头刚被屠夫宰杀的牛，旁边一只毛色乌黑发亮的乌鸦正停在那里。

“啊！”王后不禁感叹道，“如果我能有一个女儿，皮肤像这雪一样白皙，脸颊像这血一样红润，头发像那乌鸦一样黑亮，我愿意用我的十二个儿子来交换！”

话音刚落，王后心中突然涌起一阵不安。就在这时，一位表情严肃的老妇人突然出现在她面前。

“你许下了一个多么可怕的愿望啊！”老妇人严厉地说，“为了惩罚你的自私，我将让你的愿望成真。你会得到一个女儿，但当她出生的那一刻，你将失去你所有的儿子。”说完，老妇人凭空消失了。

王后吓坏了，后悔不已，但为时已晚。

不久后，王后怀孕了。分娩的日子临近，她命令把十二个王子安置在宫殿的一个大房间里，四周布满守卫来保护王子们。但当小公主降生的那一刻，奇怪的事情发生了——一阵剧烈的旋风呼啸而过，所有守卫眼睁睁地看着十二个王子变成了野天鹅，如同箭矢一般从敞开的窗户飞出，越过树林，消失得无影无踪。

国王因失去儿子们而悲痛不已。幸好他不知道这一切是因为王后不慎许下的那个愿望，否则他肯定会怒不可遏。

小公主肌肤如雪，面颊如玫瑰般红润，人们都亲切地称她为“雪中玫瑰”。她长得可爱极了，是世界上最讨人喜欢的孩子。

时光飞逝，转眼公主十二岁了。一天，她突然感到非常孤独，心中涌起莫名的悲伤。她不断地向妈妈打听关于自己哥哥们的事，这使王后十分难过。

公主以为哥哥们都已经死了，因为从来没有人告诉过她真相。这个秘密压在王后心头，如同千斤巨石。在公主执着的追问下，王后终于道出了实情。

“原来如此，妈妈，”公主听完后说道，“是因为我，可怜的哥哥们才变成了野天鹅！他们一定正在遭受痛苦。我一刻也不能等了，我要去寻找他们，想办法解救他们。”

虽然国王和王后派人严密看守她，但没有用。一天晚上，公主成功逃出王宫，走进了茂密的树林。她一路上靠野果充饥。

她走啊走，走了整整一天一夜。黄昏时分，她来到一座美丽的木屋前。这座木屋周围是一个美丽的花园，种满了奇花异草，篱笆上开着一扇小门。

公主走进屋内，看到一张大桌子，上面整齐地摆放着十二个盘子和十二套刀叉。旁边有一间长形的房间，里面排列着十二张床。

“看来这正是我的哥哥们住的地方。”公主高兴地想。正在这时，门外传来脚步声。十二位英俊的年轻人走了进来，看到她后，他们脸上都露出了极为悲伤的表情。

“是什么不幸的命运把你带到这里来的？”最年长的哥哥问道，“十二年前，我们因为一个女孩的缘故，被迫离开父亲的王国，变成了野天鹅。我们曾发誓要杀死遇到的第一个女孩。想到要杀害你这样一个纯洁美丽的女孩，我们心如刀绞，但我们必须遵守誓言。”

“但是，”公主急忙说道，“我是你们的妹妹啊！直到几天前，我还对这一切一无所知。我从父母的宫殿逃出来，就是为了寻找你们。如果可能的话，我要设法解救你们！”

听到这话，兄弟们都紧握双拳，盯着地面。屋内寂静无声，连针落地的声音都能听见。

突然，最年长的哥哥喊道：“我们那该死的誓言啊！现在该怎么办？”

“我来告诉你们该怎么办。”一个声音响起，只见一位仙女突然出现在他们当中，“忘掉你们那愚蠢的誓言吧！没有人应该遵守这种有害的誓言。如果你们敢动她一根头发，我就把你们变成十二根干草！”

仙女的声音变得柔和：“我对你们和你们的妹妹都怀有善意。有一个方法可以解救你们——她必须去树林外的沼泽地里采集绒草，

把它们纺成纱，织成布，再亲手制成十二件衣衫给你们穿。这项工作需要五年时间才能完成，而且在此期间，她不能把这件事告诉其他人，不能说话，不能笑，也不能哭，否则你们将永远是野天鹅。所以，好好照顾你们的妹妹吧，这样的付出是值得的。”

说完，仙女消失了。接下来，兄弟们争先恐后地拥抱他们的妹妹。

就这样，公主开始了她艰辛的工作。她每天去沼泽地采集绒草，回来后把它们纺成纱，再织成布，然后制作衣衫。三年过去，她做好了八件衣衫。这期间，她一句话也没说，没有笑过，也没有哭过——最后这一点是最难做到的。

一天，天气晴朗，公主坐在花园里纺纱。突然，一只高贵的猎狗跳进花园，朝她扑来，把爪子按在她的肩膀上，亲昵地舔着她的额头和头发。

紧接着，一位英俊的王子骑马来到花园门口。他下了马，摘下帽子，恭敬地请求允许进入。公主轻轻点头，他便走了进来。

“抱歉打扰你。”王子说道。他向公主讲述了自己的来历，又问她各种问题，但公主只是摇头或点头，一句话也没有说。

王子一见到她就爱上了她，不愿离开。他向她表白：“我的王国就在这片树林边上。请你跟我回去，做我的妻子吧。”

公主其实也深深地爱上了王子，但她舍不得离开哥哥们。犹豫再三，她最终还是轻轻点头，让王子握住了她的手。她相信善良的仙女和哥哥们很快就会找到她。

出发前，她带上了两只篮子，一只篮子装着所有的绒草，另一只篮子装着那八件已经完成的衣衫。仆人们帮她拎着篮子，王子将她抱上马背，让她坐在自己的前面。

一路上，王子唯一担心的是他的继母会怎么看待这桩婚事。不过，他相信自己能处理好这件事。一回到王宫，他就立刻和公主举行了盛大的婚礼。婚后，王子继承王位，成了国王。年轻的王后一句话也不说，但从她优雅的举止中，大家都能看出她是位出身高贵的姑娘。

然而，邪恶的继母却不断找麻烦。她对外宣称年轻的王后不过是个砍柴人的女儿，但这丝毫没有动摇年轻国王对妻子的爱和信任。世界上再没有像这对新人一样相爱的人了。

不久后，王后生下了一个健康的男孩。国王欣喜若狂，为自己的孩子举办了盛大的庆祝仪式。年轻父母的幸福让邪恶的继母嫉妒得发狂，她决定彻底毁掉他们的幸福。

一天晚上，她哄骗王后喝了一种催眠药水。就在她盘算如何处置那可爱的婴儿时，她看到花园里有一只可怕的狼，正张着血盆大口盯着她。于是，她立刻从摇篮里抓起宝宝，扔了出去。狼接住孩子，迅速跳出宫墙跑走了。

接着，继母扎破自己的手指，把血涂抹在熟睡的王后嘴上。正好这时，国王打猎归来。继母立刻拦住他，假装流泪，把他带到卧室。

可怜的国王看到王后嘴上的血迹，大为震惊，为失去孩子而悲痛不已。王后也心痛万分，但她一滴眼泪也不能流，只能默默忍受失去孩子和被误解的痛苦。

国王并没有声张，而是告诉大家，孩子被野兽叼走了。但邪恶的继母暗中散布谣言，说是王后吃掉了自己的孩子。

在接下来的日子里，王后成了世上最不幸的女人。她既为失去孩子而伤心，又为丈夫的误解而痛苦，但她依然一声不吭，没有流泪。她继续织着那些衣衫。

人们经常看到十二只野天鹅停在花园的树上，或者站在平坦的草地上，透过窗子看着王后。她拼命地工作，一心想尽快织完所有的衣衫。

又过了一年，当还剩下一件衣衫的袖子没有织好时，她生下了一个美丽的女孩。这一次，国王叮嘱仆人们，不让母女俩单独相处。

但邪恶的继母贿赂了几个仆人，其他人则被她用药迷倒了。

她再次给王后喝了催眠药水，打算让一个同谋偷走孩子。但当她看到那头狼又出现在花园里，舔着嘴巴抬头望着她时，她索性把孩子丢给了狼。狼一口叼住孩子，跑走了。

继母在熟睡的王后嘴边和脸上涂满鲜血，然后大声哭喊，引来了国王和众人。很快，房间里挤满了人，大家都相信是王后吃掉了自己的孩子。

可怜的王后知道自己命不久矣。她顾不上思考，甚至无暇祈祷，只是像石头一样坐着，默默地继续织第十二件衣衫的袖子。

国王本想把她送回他们初次相遇的森林小屋，但继母和法官们都反对，他们要将王后活活烧死。行刑的时间临近，国王躲在离刑场最远的房间里，整个王国里没有比他更悲伤的人了。

即使被绑在木桩上，王后仍在忙着缝制衣衫，最后一件衣衫的袖子还有几针没有缝好。

就在最后一针缝好的同时，她的眼中滚下一滴眼泪。她挺直身子，高声喊道："我是无辜的！叫我的丈夫来！"

士兵们停了手，只有一个被继母收买的恶人点了火。大家正不知所措，突然，天空中传来一阵翅膀拍打的声音。十二只野天鹅飞来，围绕在木桩周围。

还没等人们反应过来，公主已经把衣衫抛了出去。眨眼间，十二只野天鹅变成了十二位英俊非凡的青年，他们急忙解救他们的妹妹。最年长的哥哥手持木棍，狠狠地教训了那个放火的人，让他再也不敢作恶。

就在这时，一位端庄的女士出现了，一手抱着小公主，一手牵着小王子。原来，她就是那位善良的仙女，是她变成狼的样子，救走了两个孩子。

大家激动得泪流满面，然后又欢笑着互相拥抱。最后，他们终于想起来要感谢这位善良的仙女，但仙女已经悄悄离开了。

从此，王宫里充满了幸福。至于那邪恶的继母和她的帮凶们，则被赶出了王国——这就是恶人应得的下场。

就这样，勇敢善良的公主不仅拯救了自己的十二个哥哥，也找回了自己的幸福。

头长鲜花的人

很久以前，在遥远的七个大洋的岸边，有一个国家，这个国家有一位国王。国王在王宫之中有一个御用浴室。某天清晨，国王起床后去浴室洗澡，却发现浴池中的洗澡水少得可怜。次日清晨，他再去浴室洗澡，发现浴池里居然一滴水也没有了，因此他没有洗成澡。他怀疑是仆人偷奸耍滑，没有准备洗澡水。但仆人们纷纷叫屈，说他们总是提前备满洗澡水。

于是，国王派士兵专门看守浴池，在督促仆人们工作的同时，期望能捉到犯人。但无济于事，第二天早上浴池之中依旧空空如也。

国王一计不成，又生一计：他命人用巴淋柯酒替代清水倒入浴池。次日清晨，仆人们见一个男子躺在浴池中熟睡。那男子面庞清秀俊美，可谓举世无双。他头上开满了鲜花，连发梢都绽放着娇艳的花朵。

仆人们见此情形，急忙向国王禀告："国王陛下，我们找到小偷了！那人满头鲜花，已经被控制住了！"

国王着急弄清真相，匆忙之中只穿了一只靴子，另一只脚光着。士兵将头上长满鲜花的男子带到国王面前。国王问："你是谁？"

“我是诸神之神！”头上长满鲜花的男子镇定自若地回答道。

国王认为这个男子在戏耍自己，于是命令士兵先将男子关押起来，打算与臣子们商讨后决定怎么惩罚他。

士兵将头上长满鲜花的男子关进地下室时，恰巧被国王那个年仅十岁的小儿子撞见。他悄悄跟着，想要一探究竟。

等到士兵离开后，小王子与诸神之神隔着栏杆对话。小王子说：“天啊！您可真英俊哪！我多想再靠近些看您。”

“你快去房中找钥匙，若能找来，放我出去，我就让你看个够。”诸神之神对小王子说。

小王子跑回宫中，每个人都在忙碌，根本没人注意他的行踪。他四下翻找，终于在柜顶找到一串钥匙，钥匙串在皮带上。他将这串钥匙与木棍绑在一起，再将木棍伸进栏杆，终于将钥匙插进了锁孔，打开了地下室的大门。诸神之神十分感激他，便按照之前的约定让他看个够。小王子正看得入迷，诸神之神却神秘消失了，只有那根绑着钥匙串的木棍还在原处。

虽然国王和臣子们对这个头上长满鲜花的人充满好奇，但他竟敢在国王的御用浴池中捣乱，必须严惩不贷。国王派士兵到地下室将囚犯押解出来，但地下室早已空空如也，小王子还呆愣愣地站在地下室门外，绑钥匙的木棍掉在一旁。

国王立刻明白是小王子私自放走了囚犯，他勃然大怒，决定将小王子送到邻国国王那儿，让其对小王子严加管教。虽然生气，但小王子离开时，国王给他派了一名侍从，还赐予他许多金钱。

车夫备好吃食和一辆四驾马车后，一行三人便向着那个陌生的遥远之地驶去。马车越过本国边境之后，一个骇人的念头浮现在侍从脑海中：杀死王子，然后取而代之。

他想拉车夫入伙，便高喊着令车夫停车。车子刚一停稳，他便拉着车夫走到一旁，将自己的计划和盘托出："杀死王子，你意下如何？王子死后，我便是王子，你便是侍从，王子的钱便属于你我二人了。"

车夫思索片刻，道："可以一试。"

小王子听到了他们的计划，哭着求他们饶自己一命，并答应给二人三百枚金币。

他们犹豫再三，总算是同意放小王子一马。可是，走了没一会儿，侍从再次提议杀死小王子。小王子只得再三请求他们饶命，并答应给二人六百枚金币。二人勉强答应，于是继续赶路。

傍晚时分，他们来到大河之畔。侍从再次开口："必须痛下决心，将小王子扔进水里。"

直到此时，小王子才真正弄清侍从定要置他于死地的原因。小王子为求自保，只得提出让侍从替代他成为王子，让车夫替代侍从，由他充当车夫。

侍从要王子立下终生保守这个秘密的誓言后，便同意了王子的方案。王子的华服被扒了下来，穿在侍从身上；车夫穿上了侍从的衣服，王子则穿上了车夫的衣服。

他们再度上路，一路颠簸，来到一个陌生的城镇，找到了国王的宫殿。他们在宫殿门口停车，侍从假称王子，车夫假称侍从，将货真价实的小王子当作车夫指派到马厩。

国王大设宴席为远道而来的王子接风洗尘，宴席上还有乐队现场演奏。假王子和假侍从酒足饭饱之后，享受完了奢华的待遇，还想着以后要日日享乐。

日复一日，年复一年，老国王将假王子带在左右，悉心教导。但假王子虚与委蛇，只顾享乐。

在此期间，沦为车夫的小王子始终尽职尽责，耐心细致地在马厩中劳作。有时干完活儿后，他便会在门口闲坐吹笛。小王子的笛声宛转悠扬，深深吸引着深宫之中的老国王。他向假王子打听吹笛之人，想要见上一面。假王子搪塞道："那是个奸猾狡诈之徒，一个彻头彻尾的骗子罢了！我耻于和他为伍！"

害怕秘密暴露，假王子勒令小王子不许再吹笛，否则就给他点儿颜色瞧瞧。小王子只能收起笛子，不再发声。但是，老国王实在喜欢那笛声，因此念念不忘吹笛之人。某天，老国王再度问起："吹笛的到底是谁？他如今在做些什么？"

"尊敬的国王陛下，那个吹笛之人不过是个奸猾狡诈之徒，竟斗胆与国王相比，称自己能牵来颈系金绳的金牛犊，若牵不来，还要上吊自尽呢。"假王子继续编造谎言。

老国王听后大怒，觉得吹笛之人骄傲自大，荒唐可笑。于是，老国王召小王子前来，道："你这狂徒，既然夸下海口，就去照做吧！速速牵来一头小金牛，否则，就等着受处罚吧！"

小王子虽然十分为难，但别无他法，只得前去找小金牛。他满腹忧愁，不停地走啊走啊，来到了险些丧命的大河之畔。小王子万念俱灰，不禁泪如雨下。

突然，他听见有人喊道：“不幸的家伙，你怎么了？”

小王子循声望去，看到一人站在岸边，那人英俊非凡。

小王子将自己因解救诸神之神，被驱逐出国，落得如此境地之事原原本本地说了。那人开口问道：“难道你不记得我了？我就是诸神之神啊，你口中的头上长满鲜花的人。别犯傻了，我愿意听你倾诉，快说说吧！”

小王子将事情的来龙去脉一一说了，诸神之神知道他在为寻找小金牛烦恼，却一副胸有成竹的样子。他拍了一下小王子的脊背，小王子瞬间便到了河对岸。他高喊着对小王子说，只要一直向前走，便会看到一座宫殿，宫殿门口就有他要找的东西。

小王子按照他的指示向前走，果然在宫殿门口找到一头颈系金绳的小金牛。小王子解下金绳，牵着小金牛径直回到王宫，向老国王复命道：“尊敬的国王陛下，您要的东西我找来了。”

“好孩子，真是太感谢你了。我会令人带你来参加宴会，咱们到时再叙。”

小王子静静等待，可是，假王子从中作梗，总是阻止老国王召见小王子。

某晚，小王子忘记了假王子不许他吹笛的命令，不由自主地摸出笛子，吹了起来。老国王听见笛声，便令假王子带吹笛之人觐见。假王子来到马厩，威胁他别再吹笛，否则性命不保。

假王子向老国王复命道：“尊敬的国王陛下，那个骄傲自大的家伙拒不应召，还口出狂言，说既能牵来小金牛，牵来母金牛也不在话下，还大不敬地说自己比您高明。”

老国王怒火中烧，召来小王子，令他牵头母金牛来。

小王子百般无奈，只得去寻找母金牛。他再次来到大河之畔，谁知那个头上长满鲜花之人早已等候在那里。见他过来，便开口道："小王子莫急，一切都已准备就绪。你只管往前走，去上次的宫殿门口，自然有你要找的东西。"

小王子到达宫殿门口，果然看到一头母金牛正拴在那儿，便牵着母金牛回来复命。

"尊敬的国王陛下，您要的母金牛我牵来了。"小王子开口道。

"好孩子，真是太感谢你了。我会派人接你来参加宴会。"

又是一场漫长的等待，小王子痴痴恭候老国王的召唤。

一天晚上，小王子再次坐在马厩前吹起笛子。假王子再次谎称小王子说自己能牵来公金牛。老国王再度召见小王子，令他践行承诺。

小王子再度惶惶不安地来到大河之畔，那个头上长满鲜花的人早已在那恭候。小王子将事情原委如实相告，那个头上长满鲜花的人说："没事儿的，不要着急。你的救命之恩，我会涌泉相报。"

他将小王子带回自己的宫殿，给他换上华服，还赠给他一对鸽子和一只公金牛。两只鸽子，站在小王子的两个肩头。诸神之神对小王子说："你立即出发，前往老国王的宫殿。那里正举办盛大的宴会，你可在宾客之中落座，待奏乐完毕，便大声宣布：烦请诸位静听，这两只鸽子有事相告！"

小王子依言而行，来到老国王的宫殿，将公金牛拴在宫殿门口的廊柱上，径直进了王宫。那里果然正在举办一场盛大的宴会。小王子鼓足勇气来到大殿，奏乐完毕，他让大家安静，听鸽子讲讲自己遭受的巨大冤屈。他则站在一旁，静待事态发展。

两只鸽子你一言我一语，如实讲述了小王子的不幸遭遇：它们从小王子勇救那个头上长满鲜花的人说起，将小王子被驱逐出宫，侍从和车夫设计谋害小王子，小王子为求自保无奈同意假装车夫之事一一如实讲出。侍从和车夫知道大事不妙，便想开溜。但是他们被老国王逮住，关进了大牢。

老国王走下宝座，紧紧拥抱了小王子。小王子恢复了身份，在老国王的教导下成长为善良正直的青年。

达封与阿封

从前，有一对国王和王后，恩爱多年，但是没有孩子。

有一天，一个厚嘴唇的人来见国王，说："圣明的国王，您好！我听说王后没有孩子，特地为她送来了药草，喝了用它煎的汤，就会怀孕。"

国王收下药草，把王宫马厩里的一匹千里驹和一件美丽的金丝衣赏给了这个人。国王把药草交给了王后，王后又把药草交给厨娘煎汤。王后没有告诉厨娘这个药草有什么功效。

厨娘有个习惯，就是在煮东西时总要自己尝一口，于是她喝了一口药汤，才把药汤呈给王后。没过多久，王后和厨娘都怀孕了。十个月后，两个女人各生下一个健康的男孩。王后的儿子取名达封，厨娘的儿子取名阿封。因为他们共同长大，所以成了彼此最好的朋友。

有一次，国王去打仗，将王宫中的所有钥匙都交给达封保管，说："孩子，我把所有的钥匙都交给你，你可以自由使用它们，不过你不能到一间要用金钥匙开的房间里去，否则会遭受灾难。"

父亲离开王宫后，达封一一打开房间，看到了大量的宝石，就是没有一颗能使他中意。最后，他来到那间要用金钥匙才能打开的房间前。他在门外徘徊了一会儿，父亲的话使他犹豫不定，但后来好奇心占了上风，他用金钥匙打开房门走了进去。

房里放着一架望远镜，达封往望远镜里一看，看见一座华美的宫殿。一位如仙女一般的女子出现在镜头里，她如花园里那五彩缤纷的鲜花，人人见了心灵都会受到震撼。

达封呆呆地看了很久，默默地把望远镜按原样放好，流着泪走出了房间。

不久后，国王打了胜仗回国，但是迎接他的只有王后一个人。她悲哀地说："孩子病得很厉害。"

国王马上明白了儿子生病的原因，他请来全国的名医，但是医生们都说："王子如果不同意中人结婚，病是不会好的。"国王不得已，只能将基拉丽娜公主的事情告诉达封。达封知道后，决定亲自去请求基拉丽娜公主嫁给自己。他把这一切告诉了自己最好的朋友、厨娘的儿子阿封，于是在一个晴朗的早晨，他们一起出发了。

他们不知走了多远的路，到达了北极的母亲家。他们敲了敲门，走出一个满脸皱纹的老太太。两人请求留宿，并向她打听去找基拉丽娜公主该怎么走。

老太太同情地看了看他们，说："我很愿意招待你们，但是我怕我的儿子北极一来，就要把你们两个都变成冰块。你们最好去找春风的母亲，也许她会帮助你们。"

两个旅行者继续不停地走着，经过了暴风的母亲家，请暴风的母亲指点到公主那里去的路，她也让他们去找春风的母亲。终于，

达封和阿封到了春风的母亲家里。一位端庄漂亮的年轻女人接待了他们。她对达封说:“我知道你在寻找美丽的基拉丽娜,想要娶她为妻。但是没有我儿子的帮助,你是到不了她那里的。你们先留在这里,不过得藏好,否则我儿子会伤害你们的。”

她说完,拍了三下手,从炉子后飞出一只金鸟,喙是金刚石的,眼睛是宝石的。女主人把两个年轻人藏在金鸟的翅膀下面,金鸟又飞回了炉子后面。

没过多久,就听到轻轻的风声,风带来了玫瑰花和迷迭香的香味。门被风吹开了,进来一个英俊的青年,他有一头长长的金发,长着银色的翅膀,手里拿着手杖,手杖上布满花和草。他一进门就说:“妈妈,我闻到从另一个世界来的人的气味了。”

“你搞错了,”母亲回答说,“在我们家里,没有什么东西能吸引另一个世界来的人。”

春风不作声,在桌边坐下。他喝了一碗热羊奶,又喝了紫罗兰茶。母亲看到儿子渐渐高兴起来,就说:“孩子,你告诉我,基拉丽娜的国家在哪里?有人想娶她为妻,该怎么去?”

“妈妈,你问的事很难办到。”春风回答说,“告诉你吧,基拉丽娜的国家离这里很远,要走十年路。但也可以一瞬间就到达,只要能找到一座黑森林,那森林里有一块有魔力的木头,坐在上面,它就能很快地把你带到基拉丽娜的国家。到了基拉丽娜的国家后,再把木头变成一头金鹿,躲在金鹿的肚子里,偷偷进入基拉丽娜的房间,和她见面。基拉丽娜出嫁后,暴风的母亲一定十分妒忌,她会派商人带着比蜘蛛网还要轻薄的漂亮衣衫去找她。基拉丽娜买了衣衫穿上后，如果不将斑鸠的眼泪洒在她身上，她就会死掉。如果谁将我说的这些话转告给别人，全身就要变成石头。”

春风说这些的时候，达封睡着了，而阿封没睡着，他全听见了。

第二天早晨，春风离开了家。达封问春风的母亲，是否向她儿子打听了寻找基拉丽娜的方法，但是她怕变成石头，不肯告诉他。

阿封和达封又出发了，他们走啊走啊，又走了不少路。在太阳下山时，他们听见了震天动地的轰隆声，看到一条很宽的河，河里流的是热的松脂。河里的火焰和石头直往天上飞。

达封怕了，而阿封说：“你一点儿也不用怕，同我一起到黑森林里去，我怎么说，你怎么做。”

他们走到黑森林的深处，看见一块有魔力的木头，两个人坐在上面，用脚蹬了三下，于是木头变成了十二匹骏马拉的马车。他们飞得比暴风还要高、还要快，不一会儿就降落在一座华丽宫殿的门口。一瞬间，马车又变成一块木头。两个青年一看，宫殿的窗边坐着基拉丽娜公主，她身上的衣服用金线缝成，颈上挂着一颗颗珍珠。

达封和阿封不知道的是，基拉丽娜生了重病，一步房门也不能出。

女巫告诉国王：“如果想要公主恢复健康，就要找到一头会唱歌的金鹿，并让金鹿在公主的房间待三天三夜。”国王派使者到全国各地去寻找金鹿，但都一无所获。

阿封敲了三下木头，木头变成一头美丽的金鹿，阿封把达封藏在金鹿的肚子里，然后把金鹿牵到王宫前。

国王看到金鹿，问阿封是否愿意把金鹿卖给他。

“卖是不卖的，不过可以借你用一下。”阿封狡黠地回答。

“好吧！如果我借三天，你要什么报酬？”

“给我一千枚金币。”

他们互相击掌，国王把金鹿牵到基拉丽娜的房间里，希望女儿能恢复健康。

金鹿面对着基拉丽娜唱起歌来，唱得十分动听，甚至连树木和石头都感动了。公主在歌声中睡着了。晚上，达封从金鹿肚子里走出来，吻了吻公主的额头，又藏了起来。

第二天，公主对自己的侍女说，她昨天梦见一个英俊的青年吻了她。聪明的侍女给基拉丽娜出了个主意：当金鹿唱歌时，装作睡着的样子，在感觉到有人吻她时，就把他抓住。

半夜，金鹿又唱起了歌。基拉丽娜假装睡着，当达封走到公主面前，准备吻她时，她一把抱住他，说：“这下你可逃不了了。”达封向基拉丽娜讲述了自己的来历，说明自己是如何爱上了她，又经历了重重困难来寻找她，想要娶她为妻。基拉丽娜深受感动，也爱上了达封，愿意嫁给达封。

第四天，国王陪着阿封来牵金鹿。基拉丽娜哭了起来，死活也不肯同金鹿分开。这时阿封悄悄地对她说：“你要求父亲把金鹿养在城墙的外面，在那里有一辆十二匹骏马拉的马车在等我们。我们一起乘马车飞走，到你心上人达封的国家去。”

基拉丽娜公主得到了国王的允许，带着随从人员送金鹿到城外去。这时阿封在金鹿肚皮上敲了三下，金鹿马上变成十二匹骏马拉的马车。阿封一只手拉着基拉丽娜，一只手拉着达封，他们跳进马车，飞到空中，转眼就不见了。

也不知他们飞了多久，终于——就如童话里所说的：说到马上就到——离开了异国，回到了故乡。

国王得知儿子回来的消息后，立即带了军队来迎接。后来，达封就同基拉丽娜公主结了婚，婚礼按本国的仪式进行：欢宴三天三夜。接着，达封继承了王位。

婚后没多久，有一天，基拉丽娜倚靠在窗旁，观看街上的景致。突然，她看见一个卖衣服的商人。基拉丽娜向商人买了两件比蜘蛛网还要轻薄的衣衫，并穿上一件。不久，基拉丽娜生病了，性命危在旦夕。

阿封得悉基拉丽娜的病情后，就潜入她的卧室，将斑鸠的眼泪洒在她身上。守卫在门口的侍女看见阿封悄悄把什么东西洒在王后的身上，以为是阿封害王后生病，于是将此事报告给国王达封。达封一听勃然大怒，下令处死阿封。

阿封被带到刑场，他对达封说："圣明的国王啊！我以对您的全部爱和友谊请求：召集所有的王公贵族，我有重要的话要对他们说，说完后您再下令杀我不迟。"

达封把王公贵族召集来了，康复了的基拉丽娜也闻讯赶来。达封对阿封说："你说吧！"

阿封开始说了："从前有一个国王的儿子，他爱上了遥远国家的公主，没有公主，王子就不能生活，所以就同他最好的朋友一起出发：或者找到公主，或者死在沙漠里。他们走遍了全世界，来到了暴风的母亲家里，请她指点到公主那里去的路。暴风的母亲叫他们到春风的母亲那里去，春风的母亲把他们藏了起来。

“当春风回来时，母亲探问他寻找公主的方法，儿子回答说：‘到基拉丽娜的国家有十年的路程，但是如果找到一座黑森林，在黑森林里找到一块有魔力的木头，坐在上面，就能很快到达基拉丽娜的国家。到了那里后，必须把木头变成金鹿，人藏在它的肚子里，潜入公主的房间，和她见面。基拉丽娜出嫁后，暴风的母亲由于妒忌会派卖衣服的商人来，公主穿上买到的衣服一定会生病，如果不将斑鸠的眼泪洒在她身上，那她一定会死掉。’春风把这一切都对母亲说了，然后他念咒：‘如果谁将我说的这些话转告给别人，全身就要变成石头。’

“第二天，王子问春风的母亲是否向儿子打听过寻找公主的方法。但是春风的母亲怕变成石头，没有告诉王子。而王子的朋友这一夜没有睡，全都听见了，他没有对王子讲出一个字，同他一起到了黑森林，坐上有魔力的木头，飞越了松脂河。”

阿封说到这，他膝盖以下的部分立刻变成了石头。在场的人看到这种怪事，吓得要命。阿封继续说：“他们到了基拉丽娜公主的王宫后，王子的朋友敲了三下木头，木头变成一头金鹿。王子藏在里面，用这个计谋同公主相识并相爱。”

阿封说完这些，他腰部以下变成了石头。达封和基拉丽娜看到这可怕的景象，哭着求阿封不要再讲下去，但阿封还是继续说着：“结婚后不久，王后向一个商人买了两件衣服，她穿上其中一件后就生了重病。朋友知道她为什么生病，于是就进入她的卧室，把斑鸠的眼泪洒在她身上，救了她的命。”阿封说到这里，全身都变成了石头。达封和基拉丽娜哭了三天三夜，然后把阿封石化了的身体放在王宫里，永远永远地怀念他。

一天早晨，达封从梦中醒来，高兴地对王后说：“我梦见一位穿白衣的女士告诉我，只要用一朵魔法花的汁液浇在石化的人身上，就能让他复活！”

王后笑着说她也做了同样的梦。为了救阿封，他们一起找到了一朵闪闪发光的魔法花，小心翼翼地挤出花汁，滴在石像上。石像轻轻颤动，不一会儿，阿封就复活了！他伸了个懒腰，说：“哇！我睡了一场好长的觉呀！”

“嘿，阿封！”国王开心地喊道，“要不是我们用魔法花汁唤醒你，你还得继续睡呢！”阿封听后，感激地拥抱了大家。

全国人民沉浸在一片欢乐中，大家都为这个温暖的奇迹感到开心。

巨人之梯

在很久很久以前，从科克通往柯克的路旁，坐落着一座古老的大宅子，名叫朗丹府。这座宅邸非常好认——它有许多高高的烟囱和特别的尖顶屋顶。无论你从哪个方向经过，都能一眼就看到它。

这座宅子曾经是莫里斯·朗丹先生和他的妻子玛格丽特·古尔德女士的家。即使到了今天，那些古老烟囱上仍然能看到他们家族的标志。这对高贵的夫妇只有一个儿子，他们给孩子取名叫菲利普，这个名字是向西班牙国王致敬。

小菲利普从出生起就表现得与众不同。他刚刚接触到外面的冷空气就打了个响亮的喷嚏，这表明这孩子头脑非常灵活。小菲利普学习东西的速度惊人，他第一次拿到识字课本，直接翻过了前几页，仿佛在说："这些太简单了，不值得我花时间学习。"他的父母对这个聪明的小继承人感到无比骄傲，因为他展现出了非凡的才能，或者按当地人的说法，拥有特别的"灵气"。

"我们的菲利普将来一定会成为一个了不起的人物！"他们常常这样对访客说。

然而造化弄人，一个普通的早晨，七岁的菲利普少爷突然不见了，没有人知道他去了哪里。

“快去找！不惜一切代价也要找到我的孩子！”朗丹先生命令家里所有的仆人。

有的仆人骑着马，有的仆人步行，他们四处寻找，但所有仆人都空手而归，没有发现任何线索。小菲利普就这样凭空消失了。即使朗丹先生提高了悬赏金额，仍然没有任何结果。就这样，一年又一年过去，朗丹夫妇始终找不到他们心爱的孩子。

与此同时，在距此不远的卡里加来，住着一位名叫罗伯特·凯利的铁匠。他手艺高超，是方圆百里有名的能工巧匠。附近的孩子们都非常敬佩他的才能。因为，除了能打造出完美的马蹄铁和农具外，他还有许多其他特长——他能为少女们解释梦境的含义，能在婚礼上唱动听的《亚瑟·欧·布拉德雷》，所以乡亲都把他当作好朋友。

“罗伯特，我昨晚做了个奇怪的梦，你能告诉我是什么意思吗？”经常有姑娘这样问他。

“当然可以，亲爱的，告诉我你梦见了什么？”罗伯特总是很乐意帮忙。

一天半夜，铁匠罗伯特自己做了一个非常特别的梦。在梦中，他看到了失踪已久的小菲利普·朗丹。孩子骑在一匹漂亮的白马上，对他说：“罗伯特，我现在是巨人马洪·麦克马洪的小仆人。是他把我带走的，我们住在坚硬的岩石里面。我已经为他服务了整整七年，今晚我的服务期限就满了。如果你能帮我逃出去，我会永远感激你。”

“谁知道呢?”即使在梦里，罗伯特还是很清醒地回答，“这可能只是个普通的梦而已。”

“那我给你一个证明吧!”小菲利普说完，他坐的那匹白马突然扬起后蹄，狠狠地踢在罗伯特的额头上。

“哎哟!”罗伯特疼得尖叫一声，惊醒过来。

他睁开眼睛，发现自己躺在床上，但奇怪的是，他的额头上真的留下了一个鲜红的马蹄印!平时总能帮别人解梦的罗伯特，这次却不知道自己的梦是什么意思。

他当然知道所谓的“巨人之梯”在什么地方——那是当地非常有名的一个地标。那里有许多巨大的岩石，一块岩石叠在另一块岩石上面，像一道巨大的阶梯从深海中伸出来，紧靠着卡里奇马洪的陡峭悬崖一直向上延伸。这些岩石确实像台阶，但只有巨人才能踏上去，因为那需要有一步跨过一栋房子或者一下跳跃过一英里的能力才行。

传说在古老的芬尼亚时代，巨人马洪·麦克马洪就有这样的本领。当地人都相信，他住在这些巨大台阶顶端的悬崖上。

“这个梦一定有特别的意义，”罗伯特自言自语，“我必须去看看是怎么回事。”

罗伯特无法忘记这个奇怪的梦，决定亲自去巨人之梯探个究竟。但在出发前，他突然想到应该带上一件自己的工具。

“带上我的铁犁肯定错不了!”罗伯特想道，“经验告诉我，这东西能帮我解决很多麻烦。”

于是，他扛起沉重的铁犁，在寒冷的夜晚穿过鹰湖，来到了蒙克镇。这里住着他的老朋友汤姆·克兰西。听完罗伯特讲述的梦境后，汤姆立刻同意借小船给他，还主动提出亲自帮他划到巨人之梯去。

“你真是个好朋友，汤姆！”罗伯特感激地说。

两人吃过丰盛的晚餐后就出发了。那是一个宁静美丽的夜晚，小船在水面上轻快地前进，周围只有水声、远处水手唱歌的声音和渡船上偶尔传来的谈话声。顺着潮水，他们很快就到了巨人之梯下方的黑暗区域。

罗伯特急切地寻找传说中的巨人宫殿的入口，但他什么也没发现。可能是因为他们来得太早了，据说只有在午夜时分才能看到巨人宫殿的入口。

他们等了好一会儿，罗伯特终于忍不住对汤姆说：“我们真是两个傻瓜啊，居然因为一个梦就大老远跑到这种地方来！”

“这能怪谁呢？”汤姆回答，“还不是你自己非要来的。”

正说着，奇妙的事情发生了——他们看到岩石上出现了一道微弱的光芒，渐渐变亮，一个宽阔的入口在海平面上显现出来，大得足以容纳一座王宫。他们划到入口处，罗伯特扛着铁犁，鼓起勇气走了进去。

入口处既奇怪又令人感到恐惧。墙壁上全是坚硬、古怪的脸孔，它们连在一起难以分辨：这个的下巴变成了那个的鼻子；有的看起来像是呆滞的眼睛，但仔细看又变成了张开的嘴巴；高高的额头变成了摇晃的胡子。罗伯特越看那些脸，就越觉得害怕。他越想看清它们的真面目，就越觉得它们表情凶恶可怕。

随着罗伯特往前走，光线逐渐减弱，那些脸也消失了。他来到一条黑暗曲折的通道，周围传来沉闷的声响，好像岩石随时会合拢把他吞掉一样。

“罗伯特啊罗伯特，”他自言自语道，“如果来这里就是一个错误，那你现在又在干什么呢？”

话音刚落，前方的黑暗中出现了一道微弱的光线，像夜空中的一颗小星星。“现在想回头已经不可能了，因为通道太曲折，肯定找不到回去的路。”于是他朝着亮光走去，最终来到了一个巨大房间的门口。

房间顶上悬挂着一盏灯，就是它发出了微弱的光亮。在昏暗的灯光下，罗伯特看到一张巨大的石桌，桌边坐着几个巨人，他们似乎在商量事情，但没有人说话，一片寂静。在桌子的首位坐着巨人马洪·麦克马洪本人，他的胡子已经长到石桌里生了根。

巨人马洪第一个发现了罗伯特，立刻跳了起来，胡子从石桌上连根拔起，把石桌掀翻，成了一地碎石。

“你来干什么？”他怒吼道，声音像雷鸣一样可怕。

“我……我……”罗伯特吓得差点晕过去，但还是鼓起勇气说，“我是来接菲利普·朗丹的，他在您这里的服务期限今晚就满了。”

“是谁派你来的？”巨人质问道。

“没有人派我来，我是自己来的。”罗伯特回答。

“好吧，”巨人哼了一声，“那你必须从我所有的小仆人中认出他来。如果认错了，你就完蛋了！跟我来！”

说完，巨人带着罗伯特走进一个灯火通明的大厅。大厅两侧站着无数漂亮的孩子，看起来都是七岁左右，没有一个更大的。他们都穿着绿色衣服。

“来吧，”马洪得意地说，“随便认，找出菲利普·朗丹。但记住，你只有一次机会。”

罗伯特顿时傻眼了，因为这里有成千上万的孩子，而他并不太记得菲利普的长相。但他还是跟着马洪在大厅里走来走去，尽量表现得镇定，尽管巨人的铁甲每走一步都发出可怕的响声，比罗伯特打铁的声音还要响亮得多。

他们沉默地走着，快到尽头时，罗伯特意识到唯一的办法就是和巨人建立友好关系，于是他试着说些好话：“这些孩子们看起来真精神啊！尽管他们被关在这里，很久没有呼吸新鲜空气，也很久没有见到阳光了，但您一定很用心地照顾他们。”

“确实如此，”巨人说，“你说得对。来握个手吧，我相信你是个诚实的人。”

罗伯特一看那只巨大的手就不太想握，于是他机智地举起铁犁，让巨人握住它。巨人用力扭动铁犁，好像它只是一根细小的土豆茎一样。

看到这一幕，所有孩子都笑了起来。在他们的笑声中，罗伯特突然听到有人在喊自己的名字！他迅速伸手抓住他认为喊了他的那个男孩，同时大声说：“我赌上自己的性命，就是这个孩子——菲利普·朗丹！”

“是的，是菲利普·朗丹——幸运的菲利普·朗丹！”其他孩子们一起喊道。

突然间，大厅陷入一片黑暗，只听到沙沙声和混乱的噪声。但罗伯特紧紧抓住那个孩子不放。当他再次清醒过来时，发现自己躺在巨人之梯的最顶层台阶上，那个男孩正抓着他的胳膊。天已经蒙蒙亮了。

“我们成功了！我们逃出来了！”男孩高兴地说。

很多朋友帮助罗伯特传播这个惊人的故事，很快科克、蒙克镇、卡里加来，整个凯里卡瑞地区都轰动了。

“罗伯特，你确定救到的真的是菲利普·朗丹吗？”人们怀疑地问，因为那孩子已经失踪七年，但他的样子和失踪那天完全一样，没有长高也没有长大。而且他谈起失踪前的事情，就像刚从梦中醒来，仿佛一切都发生在昨天。

“我确定吗？哈哈，这问题真奇怪！”罗伯特总是这样回答，“看看他的蓝眼睛，像极了他妈妈；红头发就像他爸爸；还有他鼻子右边的那颗小痣，错不了的！”

尽管有人怀疑，但高贵的朗丹夫妇毫

不犹豫地相信，罗伯特从巨人马洪·麦克马洪手中救回的就是他们失踪多年的儿子。他们感激不尽，给了罗伯特丰厚的报答。

“感谢您把我们的孩子带回家，”玛格丽特·古尔德女士眼含泪水地说，“我们永远不会忘记您的勇敢和善良。”

菲利普·朗丹后来活了很长时间。他以擅长吹奏铜管乐器而闻名，每当有人问起他这项特殊的才能从何而来，他总是神秘地微笑。而大家都相信，这是他在当巨人马洪·麦克马洪小仆人的那七年里学会的技能。

有时候，当地的孩子们会跑到巨人之梯附近，希望能看到传说中的巨人宫殿的入口，或者听到巨人的声音，但再也没有人找到过通向巨人宫殿的路。只有菲利普·朗丹知道那个秘密，而他始终守口如瓶，直到生命的最后一刻。

海豹的眼泪

在火和冰的国家里，有个靠海的城市，住着一对公爵夫妇，他们一直没有孩子。

两人岁数渐渐大了，头上出现了白发。突然有一天，夫人发现自己怀孕了。他们高兴得没法形容了。不论走到哪里，不论做什么事，他们都面带微笑。

有一天，夫人正在散步，忽然感到很困倦，就在柔软的绿茵上躺下，不知不觉睡着了。这时，她做了一个非常奇怪的、令人不安的梦——三位仙女来到她的面前，她们穿着黑色的礼服。她们之中年龄最大的仙女说："你将生下一个女孩。不过，你在为这个孩子命名的宴会上，要是不邀请我们三个的话，这孩子就一定会遭遇厄运。"

夫人听了大惊，就醒了过来，可是耳边还残留着仙女们衣服摩擦窸窸窣窣的响声。

没多久，正如仙女所预言的，夫人生了一个女孩。府里立刻准备举办为孩子命名的宴会。

夫人记得三位黑衣仙女要来参加命名宴的事。她一开始就吩咐，在摆宴会桌子时，要为仙女们留三个座位。可是，摆桌子的人冒冒失失的，只留出两个座位。这件事情别人也没有注意到。

尊贵的客人们陆续来了，连作为一城之长的城主大人也出席了。这次宴会相当盛大，到处充满欢乐的气息。

大家尽情地吃着喝着，唱着歌儿。宴会举办到最高潮的时候，大门忽然开了，三位黑衣仙女来了。立时，一股像冰那样寒冷的风刮进了宴会大厅。

年纪最大的仙女就座了。她说："好啊！公爵夫人记住那个梦了！让我给姑娘起个名字，叫玛露特娜吧！玛露特娜将会成为一个非常美丽的姑娘。"

第二位仙女就座了，她说："为了使玛露特娜不被认错，我要赐予她金眼泪。"

夫人还来不及道谢，第三位仙女生气地责骂起来，她说："公爵夫人，我要诅咒这个姑娘，作为你们不给我留座位的报复。玛露特娜将遭受不幸——在她举行婚礼那天夜晚十二点钟声敲响后，她将变成一只海豹。"

公爵夫人的眼眶里盈满了泪水。这时，年龄最大的仙女安慰她说："请不要哭，公爵夫人，凡是诅咒都是恶意的，由恶意产生的魔法，一定有办法可以解除。在祭火节的晚上，要是有一个愿意为玛露特娜牺牲的人，这魔法就不会灵验了。"

这些话一说完，大家如梦初醒。往四周一看，座位上早已没有了仙女，只是大厅里的空气变得很冰冷。这意外的出现，仅是一刹那的事。宴会继续进行，但公爵夫人的心里反复想着这诅咒，沉重得感到窒息。

玛露特娜长大了，正如第一位仙女所预言的，长得非常美丽，谁看了都这样说。同时，照第二位仙女所预言的那样，每当玛露特娜喜悦或忧伤时，就会流下金眼泪。

公爵夫妇很疼爱玛露特娜，她过着幸福的生活。但是，父母因为她的不幸命运的渐渐迫近，心里总是异常不安。

公爵不断地思索，想解除女儿身上的诅咒。他明白，必须尽早找到一位愿意为玛露特娜牺牲的人。为此，他骑着马，穿过广阔的原野，翻过高耸的群山，来到一个开满越橘花的地方。他从这村走到那村，一家一家地打听着。

不知走了多少天，不知问了多少人，终于，在一间冰冷的破房子里，公爵见到了他要找的人。那是一位少女，她和玛露特娜长得一模一样，她叫西库丽朵。

西库丽朵虽然年纪轻轻，却是个很有勇气的少女。公爵说明情况，恳求她之后，她决定接受公爵的委托，前往公爵府，和玛露特娜住在一起。

没多久，玛露特娜和西库丽朵就变得非常要好，不论到哪里，不论做什么事，她们都形影不离。她们年龄越大，别人越分不清楚谁是谁。两人几乎一模一样，所不同的，仅仅是眼泪的颜色。

很快，两个姑娘都成了大人。来向玛露特娜和西库丽朵求婚的人在府门外排成长长的队伍。玛露特娜的厄运越来越逼近了。

公爵对待两个姑娘是完全相同的，都很疼爱。他只有一个固执的想法，那就是一定要让玛露特娜先举行婚礼。不过，他想不想都一样，大家也都认为玛露特娜会先结婚。

有一个非常英俊的年轻人，已经一次又一次恳求玛露特娜和他结婚。这个人不是别人，正是这个国家的王子。王子迷恋着玛露特娜，每天都会来看她。

西库丽朵并不想结婚，许多年轻人来向她求爱，她只是笑笑，也没仔细去听。

玛露特娜对王子的求婚打心底里感到高兴。她认为这位满头金发的蓝眼睛王子是非常合适的意中人。

不久，玛露特娜和王子定下了结婚日期。就在举行婚礼的前一天晚上，公爵把西库丽朵叫去，

说："西库丽朵，你爱玛露特娜吗？"

"我像爱我亲妹妹一样爱她。"西库丽朵把心里的想法说了出来。

"你是否爱到愿意为她做出牺牲呢？"

"当然了。"

公爵了解到西库丽朵心里的想法以后，就把仙女诅咒玛露特娜结婚之夜要变成海豹的事说了："就是这个原因，能够救玛露特娜的只有你啊！"

"我很高兴能够解救玛露特娜。不过，我该怎么做呢？"

"这事啊，我在很久以前就已经想好了。你们两人十分相似，谁也难以分清楚。因此，明天晚上的婚礼以后，不等仙女的诅咒成为事实，在举办宴会时，就把玛露特娜藏到一个秘密的房间，请你假扮成玛露特娜。"

"只是这样做，就能让玛露特娜解除诅咒吗？"西库丽朵还是很担心。

"明天就要举行婚礼，也只有这个办法了。明天是祭火节，要解救玛露特娜恐怕只有在这个晚上了。"

第二天，西库丽朵参加了玛露特娜隆重的婚礼，感到很快活。到了夜里，两人悄悄地替换了身份。西库丽朵被王子拉着手，出席了宴会，而玛露特娜一个人偷偷地藏进一个秘密的房间里。

时间已经很晚了，宴会上的客人都相继离去，只留下新郎和"新娘"。

突然，新郎对"新娘"开玩笑地说："你和西库丽朵长得真像啊，就是现在也是这样。你到底是哪一个？玛露特娜？我还不大相信呢！”

西库丽朵尽量坚持着，使王子相信自己是玛露特娜。她的心情，王子是不可能理解的。

“喂，你到底是谁？玛露特娜，还是西库丽朵？”

“我是你的妻子啊！……”

“嗯，不过，你到底是不是玛露特娜，我会弄清楚的。对，你在你那条丝绸手绢上擦上一滴金眼泪吧！”

可怜的西库丽朵不知道怎么办才好。她用手压着扑通扑通跳着的心，尽量神色自然地说：“金眼泪不是说落就马上会落下来的。这样吧！稍微过一些时候，让我一个人待会儿，就能满足你的要求。那么焦急是不行的。”

新郎高兴地听从“新娘”的话，暂时离开了。

房间里只留下西库丽朵一个人之后，她手里拿着丝绸手绢，急忙跑向玛露特娜躲着的秘密房间去。

当她快步在走廊上奔跑的时候，塔上的钟开始敲响。

“啊呀，糟糕，已经到半夜了！”西库丽朵在心里数着钟声，“一，二，三……五……十，十一，十二！”

钟刚响了十二下，一刹那，城里的所有灯光都灭了。整个城市像被海水所包围，还能听到波浪拍击的声音哩！

不过，灯光马上又亮了，西库丽朵打开了秘密房间的门。

这时，西库丽朵惊骇万分，不由得呆呆地站着不动了。

“怎么办，玛露特娜不见了！”

窗外，有一条小河一直通向城外！

西库丽朵从窗口跳出，借助暗淡的月色，沿着小河，向前追去。

跑了一会儿，就听到波浪激荡的声响。她赶紧爬上一块岩石，向海岸上望去，月光下，只见白雪覆盖的石堆里，有一群圆脑袋的动物。她鼓起勇气，走近一看，哎呀，那一大群都是海豹啊！

海豹们发现了西库丽朵，嘴里的牙齿发出了咔嚓咔嚓的声响，并向西库丽朵移动着身体，渐渐近了。

这时，西库丽朵注意到，这一大群动物的后面，有一头海豹孤零零地站着。她仔细一看，那海豹的外眼角，有一滴闪着金光的东西，马上要掉落下来。

西库丽朵已经忘记身边有那么一大群凶恶的海豹，只是向那只海豹飞快地奔去。

这些海豹向西库丽朵进攻了。西库丽朵也不知摔了多少跤，她不顾身上滚了多少泥污，不顾浑身上下流着血，只是拼命地朝前跑。

有两头大海豹拦住了她，她已经没有力气把两头海豹推倒，脚乏力地踩在地上，双腿不住地打战。她的身子摇摇晃晃，可她还是向前扑去。她终于靠近了那只孤单的海豹，伸出双手，紧紧地拥抱她。

那海豹的脸上，金色的眼泪不住地流着。西库丽朵只看了一眼，就失去了知觉，倒了下去。

西库丽朵醒来的时候，已经躺在自己的床上了。王子在她的面前，公爵也在她的面前。啊，玛露特娜不是也在面前吗？啊，这就好啦！

大家都流着眼泪，赞扬西库丽朵的勇气，打心底里感谢她。

城里举办了真正的婚礼宴会，大家由衷地感到高兴。这多亏西库丽朵，都是托她的福。

活命水与魔戒

从前，有一个国王，他有三个儿子。大儿子结婚了，二儿子订婚了，小儿子还是单身。国王老了，有一天他召集来三个儿子，说："据说，在某个遥远的国家，人们都很漂亮，那里有活命的泉水，年轻人用这水洗澡，永远不会衰老；老年人用这水洗澡，就会变年轻；生病的人用这水洗澡，身体就会健康。谁给我找来这活命水，谁就代替我治理国家。"

于是，三个儿子去找活命水了。他们走啊走啊，走到一个十字路口，这里有一眼泉水，泉水的四周放着石板，石板上写着："行人啊，走左面一条路，你长寿健康；走中间一条路，你可能回来，可能回不来；走右面一条路，你就同生命告别。"

王子们都停了下来，现在要决定谁走哪一条路了。

"怎么办？"老大问。

"走哪条路？"老二问。

"这用不着伤脑筋的！"老三说，"大哥，你有妻子儿女，就走左面一条，回来时健康长寿。二哥，你已订婚，走中间那条路，你的未婚妻注定是幸福的，你不会死。而我走那条'走上后就回不来’的路。因为我没有结婚，也没订婚，没有人等我，也不会有人为我哭的。我们摘下手上的戒指，都放在这石板下面，谁回到这里，谁就取走自己的戒指。这样，我们就能知道，谁回家了，谁没有回家。”

兄弟们分道走了。

老三走啊走啊，走到一个山洞前，洞口烧着一捆草，里面传来凄惨的声音：“我的兄弟，英雄，救救我的孩子吧！他们在山洞里要呛死了。”

青年用自己的刀拨开干草，走进山洞，看见烟雾中有一样东西在发光。他迎着光走去，看见一条母蛇和两条小蛇。青年把两条小蛇拿出山洞，然后又帮助母蛇出来。母蛇恢复自由后，说：“英雄，我拿什么报答你呢？”

“用不着感谢我。”青年答道，“不过，要是你知道，请告诉我怎么去找活命的泉水。”

母蛇从尾巴上拔下一片银色的鳞片，交给青年，说：“你收下这鳞片，向东走去。你要登上一座高山，山顶有一座银色的宫殿，我的兄弟住在里面。他能看见山后和河那边的一切情况。你把鳞片交给他，他会告诉你，到什么地方去找到活命水。”

青年拿了鳞片，往东走去。走了许多天，终于走到了一座银色的宫殿前，宫殿里没有一个人。在宫殿附近有一条银色的河。青年走到河边，河里跳出一条银鱼，在地上挣扎，无法回到河里。青年把鱼捡起来，送回河里。突然宫殿发出炫目的光，门槛上出现了一条长翅膀的蛇，问：“善良的青年，你来这里要干什么？”

青年交给他一片银鳞片，说："我要找活命水，你是否可以告诉我找活命水的地方？"

蛇从自己尾巴上取了一片金鳞片，交给青年，说："你往东走！走到一座山，要比这座山高，山顶上有一座金宫殿，宫殿里住着我的大哥。他飞得比风快，能飞越大地和海洋。他会告诉你活命水在哪里。"

青年往东走去。他走啊走啊，走到一座金宫殿前，看到宫殿前有只金乌鸦，翅膀垂了下来，嘴在啄着什么东西。青年抱起金乌鸦，走到附近一处泉水旁，往他嘴里灌了几滴水。于是，乌鸦马上张开翅膀飞了。同时，宫殿发出太阳一样的金光，在门口出现一条金蛇，问："善良的青年，你在找什么？"

青年把一片金鳞片交给金蛇，说："我要找活命水。请你告诉我，在哪里有？"

金蛇交给他一颗宝石，说："往东走！有一座山，比这座山还要高。山顶有一座金刚石宫殿，里面有位美丽无双的姑娘，你把这宝石交给她，她会告诉你活命水在哪里。"

青年又往东出发了。他找到了金刚石宫殿，走到里面，看到一间明亮的房间里睡着一位无比美丽的女人。青年把她叫醒并把宝石交给她，她微笑了一下，说："善良的青年人，你找什么？"

"找活命水。"

"你能到达我的宫殿，就能得到活命水。你到宫殿前面那处泉水去灌活命水吧。你收下这只魔戒，戴在左手上，你回到家里就会变得又健康又长寿。你有什么需要时，从左手上摘下魔戒，戴在右手上，你要什么，就能马上得到什么。”

青年听了，真是高兴。他收下魔戒，向美女行了礼，灌了一瓶活命水，就回去了。他走了一会儿，把魔戒戴在右手上，说：“魔戒，我想尽可能快地到达十字路口的泉水边。”

他刚说完，就刮来一阵旋风，把他吹到了泉水边。他往石板下一看，三只戒指都还在，这表明哥哥们还没回来。青年把魔戒戴在右手上，说：“魔戒，我要同哥哥们见面！”

他的话还没有说完，他的哥哥们已经出现了。

“哥哥，你们去了哪里？”老三问道。

“我在一个遥远的国家当了囚犯。”老大回答说，“不知道从哪里飞来一条银尾蛇，把我抓到这里来了。”

老二说：“我在茂密的原始森林里迷了路，突然有一条金尾蛇飞来，抓住我，送到这里。弟弟，你干了什么事？”

“我在一个有无比美丽的女人的王国里找到了活命水。她还送给我一只魔戒，我只要把它戴在右手上，我的任何愿望都能实现……现在我们到父亲的宫殿里去吧。”

三个兄弟出发了。过了一会儿，老大说：“美人给你的魔戒真神奇！你让我戴在右手上，看看我的愿望能否实现。”

老三摘下魔戒交给老大，老大把魔戒戴在右手上，说：“我要得到活命水，而小弟回到他自己选定的路上去。”

老三惊得呆了，他不知道大哥是怎样从他手中取走活命水的，也不知道自己怎样又到了原来去的路上。他后来才明白，自己又走上了老路。

这时，两个哥哥已到达了父亲的王宫。老大把活命水交给父亲，做了国王。后来老二靠魔戒做了邻国的国王。

有一天，老大把魔戒戴在右手上，说："我要活命水王国的女王到这里来。"

过了一会儿，一辆金马车停在王宫前，里面走出来一个美女，就是活命水王国的女王。她走进王宫，卫兵带她去见国王。她行了礼，说："国王陛下，有何命令？"

"我要你留在我的王宫里。"

"好，我留下。魔戒在你手指上，我就服从你。但是你要明白：你三弟的脚不迈进这个宫殿，你就不会有快乐！"

与此同时，善良的老三走到山洞前，就是他救了蛇母子的那个山洞。两条小蛇出来相迎。

"你们的母亲呢？"青年问。

"她知道魔戒不在你手上后，就伤心得死了。你顺着这条路走，还能找到魔戒。这是我尾巴上的银鳞片，给你，你把它给我银山上的舅舅看，他就会帮助你的。"

青年往东走去。走了许久，到了银色的宫殿前。这宫殿的大门锁着，青年找不到金尾蛇。突然从河里传来了声音："你是要找蛇吗？"

青年走到河边一看，里面有一条鱼，就是他救过的那条。

"鱼，我是在找蛇。"青年说，"他在宫殿里吗？"

"蛇得知魔戒在坏人手里后，难过得死了。他给你留了一片金鳞片，你把它带到他的兄弟那里去，他的兄弟会帮助你的。"

青年收下金鳞片后继续走。他走到金宫殿前，但大门也锁着。青年不知怎么办。突然，一只乌鸦飞到他面前，这只乌鸦得到过青年给的活命水。

“好心的青年，你在找什么？”乌鸦问。

“我在找蛇。”青年回答说，“我给他带来了金鳞片。”

“他知道魔戒不在你手里后，忧郁得死了。但你告诉我，你要什么？我来帮助你。”

“我要见活命水王国的女王。”青年说。

乌鸦回答说：“青年，活命水王国的女王不在自己的国家里，她被你的哥哥俘虏了。只要魔戒在你哥哥手上，她就受你哥哥的控制。”

青年哭了。这时，乌鸦飞到青年肩上，说：“不要泄气，好青年！我想办法夺回你哥哥手上的魔戒。你从后门进宫去，等我，我马上回来。好吧，青年，再见吧！”

“乌鸦，祝你一路平安！”

青年留在金宫殿里等，而乌鸦飞往大哥的王宫里去了。当乌鸦飞到王宫里时，国王正在花园里散步。乌鸦俯冲下去，啄了一下他的左手。国王还没明白是怎么回事，乌鸦又啄了一下他的左手，国王痛得大叫起来。宫女、御医都来了，给他包扎伤口。国王到寝宫后，伤口痛得更厉害了，手也肿了。

“哎哟，我没有力气了，我要死了！”国王叫道，“把我手上的魔戒摘下来，放在我旁边的凳子上，来十个忠实的卫兵守卫魔戒。把窗子打开！我喘不过气来了……”

国王命令一下，人们立即执行。

过了一会儿，乌鸦从打开的窗口飞进去，叼起魔戒飞走了。王宫里一片混乱，而乌鸦已经飞到善良的青年身边了。乌鸦把魔戒交给青年，说：“现在你想要做什么就能做什么了。”

青年把魔戒戴在右手上，叫：“魔戒，把我送到父亲的王宫里去！”

他的话还没说完，一匹飞马飞到他面前，他跨上马背，直往王宫飞去。

老大看见老三，扑通一声跪下来，哭叫道：“弟弟，你严厉地惩罚我吧！世界上没有比我更坏的人了，叫父亲和美丽的女王来，在他们面前惩罚我吧。”

老国王来了，拥抱了小儿子，高兴得哭了。活命水王国的女王也来了，她吻了青年的额角，然后转身对老国王说：“国王陛下，是这个青年拿了我的活命水，我还送他一只魔戒，他有资格继承你的王位。”

老国王拉住女王的手，哭着说：“只有这只手才和我儿子的手相配。”

然后，他又转身对小儿子说：“孩子，随你怎么惩罚你的哥哥吧！”

这时，青年扶起哥哥，说：“哥哥，站起来！你有妻子和儿女，你为他们好好地工作、生活吧，我宽恕你！”

后来，青年同美丽的女王结了婚，做了许多年的国王。

小母鹅

从前，有一群小母鹅正要飞往海边的沼泽地生蛋。她们排着整齐的队伍，边走边聊天。走着走着，一只小母鹅突然停下脚步。

“姐妹们，我们得在这里分开了，”她轻声说道，“我感觉我的蛋马上就要生出来了，实在走不到沼泽地了。”

其他小母鹅围着她关切地问：

“再坚持一下好吗？”

“我们一起到沼泽地去！”

“别留在这里，可能会有危险！”

小母鹅摇摇头：“真的不行了，我必须找个地方安顿下来。你们继续前进吧，回来时我们再见。”

小母鹅们依依不舍地告别，约定返程时再相聚。小母鹅目送姐妹们离开后，找到了一片安静的树林。她在一棵高大的橡树下，用落叶铺了一个舒适的小窝，生下了第一个蛋。之后，小母鹅出去寻找新鲜的草叶和清澈的溪水填饱肚子。

太阳西沉时，小母鹅回到小窝，却发现蛋不见了！她左看右看，急得直转圈，但蛋就是找不到了。小母鹅伤心地低下了头。

第二天，小母鹅决定换个地方。她爬到树上，在树枝间找了个隐蔽的地方，生下了第二个蛋。她想："这下总安全了吧！"小母鹅满意地从树上飞下来，又去寻找食物。可当她回来时，发现树上的蛋也不见了！

"树林里一定有个偷蛋贼！"小母鹅皱起眉头思考着，"我需要找个更安全的地方。"

小母鹅来到附近的小镇，敲响了铁匠铺的门。

"请问有人在吗？"

一位高大的铁匠打开门："哦，小母鹅，你有什么事吗？"

"铁匠先生，您能为我造一间坚固的铁房子吗？"小母鹅诚恳地请求道。

铁匠摸着胡子想了想："可以啊，不过我需要报酬。你能给我下一百对蛋吗？"

"当然可以！"小母鹅爽快地答应了，"您给我一个篮子，我现在就开始。"

铁匠拿来一个大篮子，小母鹅蹲在上面。每当铁匠在小铁房子上敲一锤，小母鹅就下一个蛋。铁匠敲了二百锤，小母鹅也下了二百个蛋。

"铁匠先生，这是我答应您的一百对蛋。"小母鹅从篮子里跳出来说道。

"小母鹅，你的房子也完工了。"铁匠指着闪闪发光的小铁房子说。

小母鹅感激地向铁匠鞠了一躬："太感谢您了！"

她小心翼翼地把小铁房子背在肩上，回到树林中的一片美丽草地。这里有绿油油的草和清澈的小溪，正是抚养小鹅的理想场所。小母鹅把房子放好，满意地走进去，关上门，安心地生下了最后一批蛋。

不久后，狐狸来到橡树下，发现没有新的蛋。他四处寻找，发现了草地上的小铁房子。

“哈！我猜小母鹅一定在里面。”狐狸自言自语道，然后轻轻敲了敲门。

“是谁啊？”小母鹅警惕地问。

“是我，你的好朋友狐狸。”

“我正在孵蛋，不方便开门。”

“小母鹅，请开门吧，我有重要的事情要告诉你。”

“不行，你会伤害我的。”

“我怎么会呢？我们是朋友啊。快开门！”狐狸开始不耐烦了。

见小母鹅不肯开门，狐狸威胁道：“当心了，小母鹅，我要爬上屋顶，跳一支欢快的舞，再跳一支激烈的舞，踩塌你的小房子！”

小母鹅从容地回答：“你尽管爬上屋顶，跳你的欢快的舞，再跳你的激烈的舞，也踩不塌我的小房子！”

狐狸气呼呼地爬上屋顶，开始“咚咚咚”地跳来跳去。可是，不管他怎么跳，小铁房子纹丝不动，反而变得更加牢固。狐狸气得直跳脚，最后只好悻悻地离开了。

小铁房子里，小母鹅的蛋都孵化出了可爱的小鹅。每次出门，小母鹅都会特别小心。

一天，又传来了敲门声。

“是谁呀？”小母鹅问道。

“是我，狐狸。”

“你又想干什么？”

“明天镇上有集市，我想邀请你一起去逛逛，怎么样？”

小母鹅想了想：“好吧，几点来接我？”

“你定时间吧。”

“那就九点钟吧，我要照顾小鹅们，不能太早出门。”

他们像好朋友一样道别。狐狸心里美滋滋的，以为终于能抓到小母鹅和她的孩子们了。

第二天一大早，小母鹅就起床了。她给小鹅们喂了早饭，反复叮嘱："宝宝们，我去赶集了，你们千万不要给任何人开门，知道吗？"

小鹅们点点头："知道了，妈妈！"

小母鹅出发去了集市。不久，狐狸来敲门。

"妈妈不在家。"小鹅们齐声回答。

"给我开门，我是你们妈妈的朋友。"狐狸命令道。

"不行，妈妈说了不能给任何人开门。"

狐狸着急地问："你们妈妈什么时候出门的？"

"她一大早就走了。"

听到这话，狐狸急忙朝集市方向跑去，想要追上小母鹅。

小母鹅已经在集市上买好了东西，正往回走，远远地看见狐狸跑来了。"怎么办？我该藏在哪里呢？"她急中生智，将买来的大汤碗倒扣在自己身上，整个身子都藏了进去。

狐狸跑过来，看见路边有个漂亮的大汤碗。"哇，好精致的碗啊！"他赞叹一声就跑走了，丝毫没发现碗下面藏着小母鹅。

小母鹅等狐狸走远后，小心地探出头来，拿起汤碗飞快地跑回家，与孩子们团聚。

狐狸在集市上转了一大圈也没找到小母鹅。"奇怪，我在路上也没遇见她，她到底去哪了？"直到集市结束，摊贩们都收拾东西离开了，狐狸还是一无所获。

"她骗了我！"狐狸恼怒地想。

饿肚子的狐狸又来到小铁房子前敲门。

“是谁？”小母鹅问。

“是我，狐狸。你为什么没等我一起去集市？”

“天气太热，我早早就去了。我还以为会在路上遇见你呢。”

“你走的哪条路？”

“就只有那一条路啊。”

“那为什么我们没遇上呢？”

“我其实看见你了，那时候我正躲在碗里……”

“啊！原来你躲起来了！”狐狸大怒，“小母鹅，立刻开门！”

“不行，你会伤害我的。”

狐狸又威胁道：“当心了，小母鹅，我要爬上屋顶，跳一支欢快的舞，再跳一支激烈的舞，踩塌你的小房子！”

小母鹅仍然从容地回答：“你尽管爬上屋顶，跳你的欢快的舞，再跳你的激烈的舞，也踩不塌我的小房子！”

狐狸又一次在屋顶上跳来跳去，但铁房子纹丝不动，反而更加坚固了。

几天后，狐狸又来敲门。

“是谁？”

“是我，狐狸。我想告诉你，星期六又有集市，我们一起去好吗？”

小母鹅想了想：“好吧，你几点来？”

“说个确切时间，免得像上次一样错过。”

“七点钟吧，我不能太早出门。”

“好的。”他们又像朋友一样道别。

星期六天刚亮，小母鹅就起床了。她照顾好小鹅们，叮嘱他们锁好门窗，然后悄悄出发了。六点刚到，狐狸就来敲门，小鹅们告诉他妈妈已经走了，狐狸立刻追了过去。

小母鹅正在甜瓜摊前挑选水果，突然看见狐狸从远处跑来。她来不及逃跑，灵机一动，挑了一个特别大的甜瓜，轻轻啄出一个小洞，钻了进去。

狐狸在集市上转了好几圈，都没找到小母鹅。“她可能还没到。”狐狸来到甜瓜摊前，想挑一个最甜的瓜。他咬了这个，尝了那个，但都不合胃口。最后，他看见那个小母鹅藏身的大瓜。

“这个看起来不错！”狐狸正好咬在小母鹅的嘴边。小母鹅赶紧往外吐口水，狐狸尝到了怪味：“呸！太难吃了！”他一脚踢开甜瓜。

甜瓜滚到一个小坡上，撞到了石头，裂开了一道缝。小母鹅抓住机会跳了出来，飞快地跑回家去。

狐狸在集市上待到天黑，又去敲小铁房子的门：“小母鹅，你说话不算数，没去赶集！”

“我去了啊，就躲在那个甜瓜里。”

“啊！你又戏弄我！快开门！”

“不，你会伤害我！”

狐狸又一次威胁要踩塌房子，小母鹅仍然不为所动。狐狸再次失败了。

过了一段时间，狐狸又来敲门。

“小母鹅，我们和解吧。为了忘记过去的不愉快，我们一起吃顿丰盛的晚餐，好吗？”

小母鹅想了想：“好吧，但我没有什么好东西招待你。”

“这个我来负责，你只需要帮忙准备就行。”

他们约定好了聚餐的日子。接下来，狐狸开始准备食物，他带来了香肠、奶酪和各种好吃的。

聚餐之前，狐狸故意饿了两天，想要胃口更好。当然，他的真实目的是想吃掉小母鹅和小鹅们。

“小母鹅，准备好了吗？”狐狸来到门前喊道。

“都准备好了，随时可以开始。不过你得从窗户进来，因为桌子挡住了门。”

“那好吧，可我怎么爬上窗户呢？”

“我给你扔一根绳子，你套在脖子上，我拉你进来。”

急于吃到美食的狐狸没多想，就把头伸进了绳套。他没注意到这是一个可以自动收紧的活结。狐狸越挣扎，绳套就越紧。

小母鹅看见狐狸被绳子困住，动弹不得，就打开门，让孩子们出来透气：“出来吧，孩子们，我们去吃新鲜的草，到小溪里游泳！”

小鹅们欢快地跑出家门，在草地上嬉戏。狐狸被绳子困住，咬断绳子后落荒而逃，再也不敢来找麻烦了。

一天，小母鹅听到远处传来熟悉的鹅叫声。“是我的姐妹们回来了！”她站在大路上，果然看到一群母鹅带着新生的小鹅从远处走来。

她们热情地相拥，互相问候。小母鹅向姐妹们讲述了自己与狐狸斗智斗勇的经历。姐妹们都对这间小铁房子赞不绝口，纷纷决定也去请铁匠做一个。

就这样，在那片美丽的草地上，逐渐形成了一个鹅的王国。所有的鹅都住在坚固的铁房子里，过着安全幸福的生活，再也不用担心狐狸的威胁了。

两棵老松树

芬兰北部有一个大森林，森林中树木繁茂，其中有两棵参天松树并排生长。它们已经在这里长了许多年，即便是白发苍苍的老人，也无法说清这两棵大松树幼苗时的模样。森林的边缘地带有一个小山岗，岗上有一座茅草屋，这是一对农民夫妻的家。他们一贫如洗，只有一块小小的地可以种粮食，还有一块小小的地用来种菜。每到寒冬腊月，他们上山伐木，然后把木头卖到锯木厂，用微薄的收入买些牛奶和牛油，以此来保障基本生活。

农民有一双儿女，儿子名为西尔维斯特，女儿名为西尔维娅。他们的名字也和这片森林有着千丝万缕的联系，在古拉丁语中，“西尔维”就是“森林”的意思。

某年寒冬，兄妹俩到森林中查看他们提前布好的网中有没有野兽或者飞禽。走近捕网一看，果然有收获：一只小白兔正在网内挣扎着，不断嘶哑地哀叫；另一只网内有只沙鸡，不断地扑棱着翅膀，时时哀鸣。

“放了我们吧！”兔子和沙鸡见有人来，立即求饶道。

兄妹俩倍感惊讶：兔子和沙鸡竟然会说人话！

“咱们把他们放了吧！”西尔维娅提议道。这对善良的兄妹解开了捕网，放了兔子和沙鸡。兔子一出网，就撒腿向森林跑去；沙鸡一出网，就挥动翅膀飞向天空。

“你俩赶快去找擎天柱吧，他无所不能，有求必应！”兔子边跑边向兄妹俩喊道。

“你们去求求抓云婆吧，求她什么，她都会答应的！”沙鸡边飞边向兄妹俩叫道。

喧闹过后，森林又恢复了往日的寂静。

西尔维斯特问道：“他们刚才说的擎天柱、抓云婆是谁？”

“这两个名字好奇怪呀，我从来没听说过，会是什么人呢？”西尔维娅也很纳闷。一阵寒风吹过，森林里的老松树沙沙作响，西尔维斯特从这响声中听出了端倪。他听见那棵老松树说：“嘿，老伙计，你怎么还傲然耸立？怎么还坚持撑着天空？我总算明白这林子里的飞禽走兽为何都称你为‘擎天柱’了！”

“我就是要耸立在这林中，撑着天空！”另一棵松树开口道，“老太婆，你还不是一样，怎么天天跟那些云朵斗个不停？难怪大家都称你为‘抓云婆’！”

“唉，年纪大了，不中用了！刚才那阵风生生把我头顶的树枝吹断了！岁月不饶人啊！”

“你怎么能这么说！不过区区三百五十岁！不过是个孩童，货真价实的孩童。我都三百八十岁了！”

森林中传来老松树沉重的叹息。后来，另一棵松树又说：“你瞧，寒风又吹来了，有风声伴奏，唱歌都会动听许多。咱们一起唱首歌吧，追忆咱们的青春时代，有好多值得回忆的东西呢！”

这两个老伙计在寒风的伴奏下，摇晃着身体，唱起歌来：“狂风肆虐，大雪纷飞，白雪棉被盖在身上，伴着呼呼风声，两个老家伙昏昏欲睡。梦中的我们回到青春时代：当时我们多么年轻，身旁一片绿草如茵。脚下的紫罗兰茂密繁盛，白雪将我们的针叶染得雪白。远处黑云滚滚，浩荡而来；暴风呼啸，树枝折断。在冻僵的土壤里，我们茁壮成长，即使经受百年风雨，我们也不曾卑躬屈膝，飓风又能奈我何！”

“是啊，青春年少值得回忆的事太多了！”年龄稍长的那棵松树说。然后他又提议道：“咱们和下面那两个人聊聊天吧！”他边说边抖动枝叶，似乎向兄妹俩指了指。

“他们要和咱们聊什么？”西尔维斯特小声嘀咕。

“哥哥，我看咱们还是赶紧回家吧！”西尔维娅附在哥哥耳边悄声道，“我有点儿害怕，他们刚才唱的歌多奇怪呀！”

西尔维斯特说：“别怕，咱们听听。快看，爹爹来了！”

妹妹顺着哥哥手指的方向望去，果然看到父亲肩扛斧头，从小径而来。父亲在这两棵老松树旁收住了脚，说：“好大的树啊！我正好能用。”父亲说完，便抡起斧头冲着那棵更老一些的松树砍去。兄妹俩见状，赶紧拦住父亲。西尔维斯特哭着对父亲说：“爹爹，这是擎天柱啊，求您不要砍他！”

西尔维娅也帮腔道：“是呀，爹爹，这棵是抓云婆，也不能砍。他们已经很老很老了，您来之前，他们还唱歌给我们听呢！”

父亲听完孩子们的话，忍不住笑道：“小孩子真是异想天开，我怎么没听说过大树还会唱歌？不过，看在你们开口求情的分儿上，就不砍它们了，我再找找别的树。”

父亲说罢，便向森林深处走去。兄妹俩留在原地，继续听两棵大松树聊天。不一会儿，风吹过磨坊，风车的翼子转动起来，磨石的火星如同雨滴一般朝四周飘去。风吹到森林，老松树的树枝又开始沙沙作响，风儿在老松树的身上弹奏着乐曲，过了一会儿，两棵老松树又聊起天来。

“刚刚是你们救了我们！为了报答你们，我们可以满足你们一个愿望，只要你们能说出来，我们就能帮你们实现。”

人总是这样，往往不能在短时间内说出自己最想要什么。兄妹二人绞尽脑汁，也想不出来。后来，西尔维斯特说：“那就请你们让太阳帮忙照亮吧，不然我们看不清林中小径。”

西尔维娅接口道：“我的愿望是春天到来，冰雪融化，森林中鸟语花香！”

老松树说：“真是两个傻孩子，你们的愿望可以更大一些。不过既然你们已经说出了愿望，那我们就得帮你们实现，但是，孩子们别担心，我们点子多着呢！西尔维斯特，你听好了：以后不论你身在何处，只要抬头望天，太阳就会为你照亮；西尔维娅，以后不论你身处何地，只要你一开口，春天就会伴你左右，冰雪都会消融。”

兄妹俩听完，开心地欢呼：“这可比我们原来的愿望好多了！敬爱的松树，非常感谢，咱们以后再会！”他们与松树告别后，就蹦蹦跳跳地回家了。

两棵老松树看着他们渐行渐远的身影，道：“再会，再会！”

西尔维斯特边走边回头，发现果然如老松树所言，不论他走到哪儿，阳光总是为他照亮，太阳挂在树梢，像金子一样闪闪发光。

“快看呀，太阳，太阳出来了！”西尔维娅惊喜地向哥哥叫道。

她一开口，四周冰雪消融，草木回春，云雀高歌。兄妹俩看到这景象，不禁欢呼道：“生活多么好，生活多快乐！”

他们一路前行，阳光越发温暖，树木小草越发青翠。

“阳光照耀着我！”西尔维斯特跑进家时，情不自禁地喊道。

“阳光普照万物！”母亲纠正道。

“我能消融冰雪！”西尔维娅欢呼道。

“人人都有这个本事。”母亲笑着说。

片刻之后，母亲发现了异常：已经入夜了，院中黑漆漆的，她家却太阳高悬，直到西尔维斯特上床睡觉，合了眼，阳光才消失。

不过奇异之事远未结束，尚在寒冬时节，她家的小屋中却已春意融融，就连墙角的笤帚都泛起了绿意。

“孩儿他爹，你快看！家里净出些怪事，莫不是有人给俩孩子施了魔法？”妻子说道。

“天天脑子里想些什么！”丈夫嗔怪道，“我来告诉你，国王和王后巡视全国，明天就要亲临我们这座城，咱们要不要带孩子去见见世面？”

妻子说：“我没意见，国王和王后难得亲临我们这座城。”

次日清晨，天刚蒙蒙亮，他们一家四口就进城了。一路上，他们一直在谈论国王和王后，根本没注意到阳光一直在雪橇前为他们照亮道路，路旁的白桦树也开始不同寻常地发芽抽枝。

他们一家到达广场时，这里早已人头攒动。众人一边紧张地望着大路，一边窃窃私语。听说，国王和王后不满于国家被冰雪覆盖、寒冷荒凉的现状。

说话间，国王和王后的雪橇从大路尽头滑来，众人心中一凛，静待事态发展。国王眉头紧蹙，王后也面露忧色。当他们的雪橇到达广场，国王环顾四周，突然发出了爽朗的笑声，转头向着王后说："你看，阳光普照，春意融融，这里不错！我的心情也不由自主地好起来了。"

"也许是吧。不知怎的，我的心情也很好。"王后答道。

"这里景致的确不错。快看，那两棵松树在阳光的照耀下多么明亮啊！那里一定别有洞天，我要在那儿建一座王宫。"国王道。

"嗯，一定要在那里建一座王宫。"王后十分赞同国王的意见，还补充道，"这里气候温和，虽是隆冬时节，却树木发芽，春意融融，简直像在五月里，真是令人难以置信！"这时，她已容光焕发。

其实这哪儿有什么难以置信的，不过是西尔维斯特兄妹爬上篱笆想要一睹国王和王后的真容，所以难免扭来扭去，阳光跟着他，于是万物皆受照耀。西尔维娅一直说个不停，一刻也不闲着，因此连古老的篱笆桩上都冒出了嫩芽。

王后注意到了篱笆桩上的兄妹俩，便问："这两个孩子是谁家的？真是乖巧可爱，叫他们过来。"

兄妹俩哪里见过这样的大人物，因此觉得新鲜有趣，便壮着胆子走向国王和王后。

国王说："你们俩真是惹人喜爱，一看到你们就暖融融的，你们愿意随我去宫中小住两天吗？宫里有天鹅绒和金丝线织成的华服，吃饭用的都是玉碗，喝茶用的都是银盏。”

“多谢国王和王后的美意，我和哥哥还是想留在父母身边。”西尔维娅答道。

“宫里没有亲朋好友，肯定会无聊的！”西尔维斯特补充道。

“那就把他们一起请来，住进宫中，怎么样？”王后颇有耐心，她现在心情不错，并没有因为有人反对自己的意见就动怒。

“不，他们去不了的。”西尔维斯特兄妹异口同声地说，“他们是擎天柱和抓云婆，在森林里扎根生长。”

“小孩子真是异想天开！”国王和王后齐声道，然后又都笑了。

再往后，国王敕令工匠立即在此修建新王宫。他下令给每个人发了一枚金币，西尔维斯特兄妹还额外获赐一个王宫御制的大白面包。那面包巨大无比，得用四马雪橇才能拉动。

兄妹俩邀请广场上的人都来品尝他们的大面包。众人吃饱后，居然还剩下一大块，他们家的小马费了好大力气才把面包拉回家中。

回家途中，妻子悄声问丈夫：“国王和王后今日如此宽厚大度，你可知缘由？单独接见咱家的孩子，还邀请他们回宫同住，你可知为何？现在你再琢磨琢磨我昨天跟你说的话。”

丈夫道：“魔法之类的话，不过是些胡言乱语！”

妻子坚持道：“你好好想想，原先可曾见过树木在寒冬发芽？你就信我这回吧，咱家孩子定是被施了魔法！”

“咱家孩子乖巧伶俐，惹人怜爱，别人喜欢他们，有什么不对！”丈夫道。

确实是这么回事：不论兄妹二人去往何处，和谁聊天，那人都会感到春意融融，心情愉悦舒畅。时间久了，众人也就习以为常了。兄妹二人所到之处总是生机盎然，欢歌笑语；原来他们家四周的荒芜之地，现今都成了肥沃的田地和茂盛的草场；即便是寒冬时节，森林中也有鸟儿歌唱。

后来，国王下令，委任西尔维斯特为王国护林大臣，委任西尔维娅为王国园艺大臣。

可以说，再没有哪个国王、哪个国家拥有这般如梦如幻的花园了——因为即使贵为国王，也不能驱使天上的太阳。西尔维斯特兄妹却有如此能耐，只要他们愿意，太阳就会在他们身边，为他们照耀四方，因此他们的花园总是四季如春，让人心旷神怡。

数年后的寒冬时节，西尔维斯特兄妹重返森林，看望老友。森林之中，狂风肆虐，寒风在老松树的顶端呼啸着，老松树正伴着风声歌唱："我俩仍旧傲然耸立，任雨雪飘零，任冰雪消融……两棵老松树，两个老友，看银装素裹换成满眼青翠，看乌云翻滚，雨意浓浓，看鸟儿翩跹。我们的针叶多么浓密、多么新鲜，榆树、桦树，徒有艳羡！寒冬掠走你们的树叶，暖春带来你们的绿衣！只有松树四季常青，深植厚土，直上青云！任狂风肆虐，两棵老松树绝不卑躬屈膝……"

一首歌没有唱完，树干断裂，两棵老松树轰然倒地，抓云婆的年龄定格在三百五十五岁，擎天柱的年龄定格在三百八十五岁。最终，他们未能在肆虐的寒风中耸立下去。

西尔维斯特兄妹满含深情地轻抚两位老友那满是苔藓的灰色树

干，柔声安慰。然后，周围冰雪消融，开出许多粉色的花。花儿越开越多，不一会儿工夫，就把两棵老松树从上到下遮了个严严实实。

留贝察尔的故事

一

许多年前，来兴堡住着一个穷农民维特。有一年庄稼歉收，他向富裕的邻居借了债，没能及时归还，凶恶的邻居就抢走了他的全部家什充抵债务。可怜的维特只剩下一头小母牛，他决定去法院告状。人们对他说："同富人是不能打官司的。"但维特还是写了状纸，递到法院里。

他打输了官司，结果连最后一头小母牛也输了。可怜的维特只剩下一双有力的手，可这双手养不活八张饥饿的嘴。

"孩子们要吃的时候，我的心简直要碎了！"妻子哭着说。

"不要哭，"维特安慰说，"只要弄到一百个泰勒的钱，我们就能过活了！"

"到哪里去弄这么多钱？"妻子还是不停地哭着。

"山里有你的亲戚，他很富有，一百个泰勒算不了什么。"

妻子擦干眼泪，给丈夫准备好东西让丈夫去山里亲戚家借钱。维特选了一根结实的棍子，拿了一壶水、一个黑面包就走了。

维特穿过密密的森林，越过高高的山岭，喝完了壶里的水，吃完了黑面包，终于到了妻子亲戚住的村庄。

亲戚看到他风尘仆仆，衣衫褴褛，对他很冷淡，甚至不留他过夜。当维特提出要借一百个泰勒时，他讥笑说："亏你想得出！一百个泰勒借给你这种懒汉，你明天突然死了怎么办？"痛苦的维特只好到空草棚里去过夜，夜里一直没合眼。他想："我白白浪费了两天，怎么办？"

他想啊想啊，终于想出一个办法："去求一下留贝察尔？据说他不止一次救助过穷人。怕什么？至多他用铁棍打我一顿，骂我打搅了他。我实在走投无路了！"

第二天，维特早早动身，向密林走去，他听说留贝察尔住在那里。走到一个山洞口，他放开喉咙叫："留贝察尔！留贝察尔！"矮树丛突然抖动起来，里面爬出一个乌黑的巨人，高大的身躯上全是长毛，黄胡子长到腰际，眼睛像烧红了的炭火，手里拿着一根铁棍。

"地上的虫！"巨人怒吼着，"你竟敢叫侮辱我的绰号！"

"您怎么处罚我都行，只求您救救我的孩子，他们快饿死了！借我一百个泰勒，我保证按时加利息还您。"

"傻瓜！"留贝察尔说，"我难道是高利贷者？你去找人间兄弟们，叫他们帮助你好了。"

"自从世界上出现了富人和穷人，就没有兄弟情分了。"

维特的直爽和坦率打动了留贝察尔，他想："人间不好，不然人们为什么老是来求我帮助！"

他答应了："好吧，我帮助你摆脱贫穷，跟我走吧！"

留贝察尔带着维特走进黑暗的山洞，维特吓得发抖:“要是留贝察尔把我往深渊下一推，我就没命了!”

留贝察尔能知道人的内心想法，他笑着说:“瞧你这样子，怕就不要走了。”维特羞得满面通红，幸好黑暗中对方看不见他的脸。

维特看到远处有蓝色的火光，四周越来越亮，最终山洞里同白昼一样亮了。维特一看，见山洞当中有一只巨大的铜锅，里面装满银币，他这才确定留贝察尔没有开玩笑。

留贝察尔笑着说:“你拿吧，要多少拿多少！不过得给我写张借条，三年后把钱还给我!”

维特去数银币了，留贝察尔走到旁边，做出没有看的样子。维特是个诚实的人，他刚好数了一百个银币，然后写了一张借条交给留贝察尔。

留贝察尔把借条锁在铁箱子里，带维特走出洞口，说:“回家吧，好好记住山洞入口。三年后的今天我等着你拿钱来，要是你欺骗我，你就会倒霉的!”

诚实的维特保证按时全数归还借款，他举起右手发誓，但他没有以自己的生命，也没有以孩子的生命起誓，而愚蠢的借债人常常是这么做的。

留贝察尔暗笑一下就消失了。

维特高兴地向家跑去，路上他走进一家小店，买了一大包食物，深夜才到家里。他一到门口就大叫:“快生炉子，我们今晚要吃个饱!”

饥饿的孩子吃饱安睡后，妻子问丈夫:“现在你告诉我，我的亲戚是怎么对待你的？”

“你的亲戚？”维特感到好笑，“他待我太好了！一句也不责备我，给我吃饱、喝饱，借给我一百个银币，让我三年后归还。”

“你看，我的亲戚多好！”从此妻子每天夸自己的亲戚好，维特越听越不耐烦，但他没有说出真相。

夫妻俩不停地干了三年，积攒了一笔钱，准备还债。

还债日期到了，维特把一百个银币装在包里，一早叫醒妻子：“快起来，洗脸、穿衣，我们进山去看你的亲戚，顺便把钱还给在困难时帮助我们的人。”妻子穿好衣服，给孩子们打扮好。维特叫妻子儿女坐上马车，进山去了。

维特带着妻子儿女走小路进了密林，他一边走，一边不时往四周看。

妻子问：“我们是不是迷路了？我们应该到我亲戚家去的。”

“我们为什么要感谢你的亲戚？”维特笑着说，“难道感谢他嘲笑我们穷，将我赶出来，不让我在他家过夜吗？你的亲戚连块面包

皮也不给我吃！他的心多‘好’！我去找自己的好兄弟，是他在患难时救了我们一家。”

“我怎么从来没有听说过你有兄弟？”

维特停在一个煤坑旁边，看了看妻子说：“我的兄弟就住在这里，他待我们比同胞兄弟还要好，是他给我们带来了幸福！”

“你的兄弟叫什么名字？”

“留贝察尔。”

维特的妻子吓得大叫：“快离开这里，我们要遭殃了！留贝察尔是个恶鬼，害死了不少人！”

“人们胡说八道还少吗？”维特生气了，“你们在这里等一等，我去同恩人算清账。我带他来，你们可要衷心感谢他。”

维特去找山洞入口，他找到一棵烧坏的老橡树，三年前他就是从树根的中间走进山洞的，现在山洞没有了。维特用石头、银币使劲儿地敲岩石，放声大叫：“我来还债了！”但他听到的只有山谷的回声。维特难过地坐在岩石上，他想：“对了，我把钱留在这里，也许留贝察尔不想让我看见他。”维特把一包钱放在岩石下边，转身走了。

妻子见丈夫回来了，就问：“看见留贝察尔了吗？钱还了吗？”

“我没看到他。”维特忧虑地答道。

“你把钱放在哪里了？”

“岩石下边。”

“要是钱掉了怎么办？”

“我还是试试叫他的绰号好了，”维特挠了挠后脑勺说，“留贝察尔当然要生气，也许要打我一顿，但事情可以了结了。”

“不行，不行，他会把你打死的！”妻子害怕了。

“恐怕不会打死的！”维特笑了笑，大声叫了起来，“留贝察尔！留贝察尔！”

突然，草动了起来，干树叶随着风卷到了维特脚下，树叶中间有一张白纸。维特拾起纸一看，原来是三年前他写给留贝察尔的借条。

“妻子，高兴吧！孩子们，高兴吧！留贝察尔收到了钱，我们可以心安理得地回家了！”维特高兴得把帽子抛到空中。

“到我兄弟家去吧，”妻子建议说，“我想，我们应该去！”

“好，去吧。”维特同意了。

傍晚，他们到了妻子的亲戚家。维特敲了敲门，开门的是一个生面孔的男人。

“我的兄弟在哪里？”维特的妻子问。

“他破产之后去流浪了，直到现在音讯全无。”

维特和妻子面面相觑。

据说维特后来活了很久，他常常给孩子们讲在西列斯山上遇到留贝察尔的故事。

二

某个小城有一个富裕的面包店老板，他的坏名声远近闻名。面包店的工人从早干到晚，老板只给一个面包做工资，工人和四周的农民用凶恶的蜘蛛给他取绰号，叫他“蜘蛛老板”。

只要穷人一有困难，面包店老板就出现了，说：“我借给你钱，你做工还给我，或者给我两大车木柴也可以抵债！”

穷人给他运去两大车木柴，老板看了看说：“你运来了什么？这算是大车吗？你放了三块半劈柴也算一车？你骗不了我！再装两车来，否则我就去告诉法官！”

穷人同富人是不能打官司的，他会输掉最后一件衣服，于是只好又运来两车木柴。

有一次，面包店老板从一个遥远的村里向一个穷人买了十车木柴，当穷人给老板送来最后一车木柴时，面包店老板却只付给穷人一半的钱！

“怎么搞的？”穷人恼怒地说，“我们说好的价钱不是这些！”

“是的，但价钱跌了。”面包店老板说，“不愿意的话，你把木柴运回去吧！”

“我一个人夜里怎么运得回去？家里一块面包也没有了，孩子饿得直哭，你就可怜可怜我们吧！”

“要是可怜每一个人，我就变成穷人了！”

穷人无可奈何地拿了钱，坐上了雪橇。他在院子外扬着鞭子对面包店老板说：“怪不得人家叫你蜘蛛老板！你等着瞧，总有你哭的一天！”

穷人只买了一点点面粉，连给孩子买厚衣服的钱都没有。路上他看见一个人穿着单薄的衣服在赶路，心想：“他一定很冷，太可怜了！”于是穷人招呼他上了雪橇。

过路人感激地说：“好心人，谢谢你。你为什么满脸不高兴？”

"没有什么可高兴的！"穷人愤愤不平地诉说了面包店老板对他的欺骗。

"不要紧，世界上不会没有好人，我要叫面包店老板一辈子记住这个教训！"过路人说着，笑了笑，雪橇没停就跳了下去。

"你到哪里去？等一等！"穷人叫着，"天这么冷，要冻坏的！"

但过路人好像融化在了黑夜中一样，穷人不知道怎么办才好，天已经很黑了，他只得回家了。

第二天，面包店老板坐在暖和的房间里，他很得意："昨天我骗了一个穷人，希望他以后学聪明点！"

一个樵夫来到面包店老板家，说："您要雇人劈柴吗？我要的报酬很低。"

"你要多少？"贪婪的老板问。

"非常少，为了不空手回家，我只要您一捆能放在肩上的木柴。"

面包店老板想："他最多扛十根木柴。"于是他同意了。

不一会儿，面包店老板被巨大的声音吓了一跳——有人在院子里扔木柴。他披上衣服，走到窗边一看，只见那个樵夫正把木柴从柴垛上扔下来。

"你这笨蛋，轻一些，房子都震动了！轻些！"

樵夫不声不响，他把自己右脚上的鞋取下来，然后用鞋劈柴！劈一下，一百块木柴就自己分开了。

老板吓得手脚发抖，他结结巴巴地叫着："你，你走吧，不用了！"樵夫还是不停地劈，一下子就把所有的柴都劈好了，不光是穷人昨天运来的，就连原来的柴也全劈完了。活儿干完后，樵夫又把鞋穿好了。

“老板，我完成工作了。”樵夫笑着说，“现在我拿一捆柴！”他从袋里掏出一根绳子，把所有的柴都放在上面，扎得紧紧的，放在两肩上，拔腿就走。

面包店老板吓得张口结舌，脚好像钉在地上了。

“抓住他！抓住他！”面包店老板后来终于叫了起来，奔出去追赶樵夫。

樵夫越走越快，人也变得越来越高大，头碰到了天空。

“留贝察尔！这是留贝察尔！”面包店老板这才明白。

“哈哈！”留贝察尔叫道，“你怕了？你再敢骗穷人一次，我就让你同这个世界告别！”

这天早晨，那个穷人醒来时看见院子里放着高高的一堆木柴，柴堆旁边有一件衣服，就是昨天那个过路人穿的。穷人拾起衣服，里面的金币像雨一样落下来。

“昨天那个过路人一定是留贝察尔！”穷人心里明白了。他收起金币，分给了邻居们。

面包店老板关了店门，到别的国家流浪去了，以后再也没有人听到过他的一点儿消息，人们很快就忘了他。而善良的留贝察尔，直到现在人们还怀念他。

青蛙公主

很久很久以前，有一个国王统治着一个和平的王国。这位国王有三个英俊的儿子。当三个王子长大成人后，国王开始想要孙子了，便在一个晴朗的日子里把三个儿子叫到王座前。

“我亲爱的孩子们，”国王慈祥地说道，“你们都已经长大成人了。趁我还没有完全老去，我很想看到你们各自娶到称心如意的妻子，让我有生之年能够抱抱我的小孙子们。”

三个王子听了父亲的话，恭敬地鞠躬回答：“遵命，尊敬的父王。我们愿意遵从您的意愿。不知您希望我们如何选择自己的妻子呢？”

国王摸着胡子思考了片刻，说道：“这样吧，孩子们，你们每人拿一支箭，到王国外的大草原上去射箭。箭落在什么地方，你们的妻子就在什么地方等着你们。”

三个王子再次向父亲鞠躬，各自拿了一支箭，一同来到广阔的草原上。他们拉开弓，使出全身力气，将箭射向蓝天。大王子的箭划过天空，落在了一位贵族小姐风景如画的庭院里，这位小姐恰好在花园里散步，捡起了箭。二王子的箭飞得更远，落在了城里最富有的商人宽敞华丽的院子里，被商人的女儿发现并拾起。

而小王子伊凡的箭却不知飞到了哪里。他焦急地寻找着，走过田野，穿过小路，翻过小山，最后来到一片湿润的沼泽地。在绿油油的芦苇丛中，他看到一只小青蛙正坐在一片荷叶上，嘴里叼着他的箭。

“小青蛙，请你把我的箭还给我好吗？”伊凡王子礼貌地请求道。

青蛙抬头看着他，出乎意料地开口说话了：“我可以把箭还给你，但按照你父王的规定，你必须娶我为妻。”

伊凡王子惊讶得张大了嘴巴：“什么？娶一只青蛙，这怎么可能？我是王子，怎么能和一只生活在沼泽里的青蛙结婚呢？”

“这是命运的安排。”青蛙平静地回答道，“箭落在哪里，你的妻子就在哪里。这是你父亲定下的规矩，不是吗？”

伊凡王子非常难过，低头沉思了许久。但他知道这确实是命运的安排，也是对父亲诺言的尊重，只好小心翼翼地把青蛙捧在手心里，带回了王宫。

国王为三个儿子举行了盛大的婚礼：大王子娶了那位美丽典雅的贵族小姐，宾客们都为他祝福；二王子娶了那位端庄富有的商人女儿，大家都很羡慕；而当小王子伊凡抱着一只青蛙出现时，所有人都忍不住笑了起来，连国王也感到十分为难。但国王是个言而有信的人，还是为伊凡和青蛙举行了婚礼。

不久后的一天，国王想要考验一下自己的三个儿媳妇，便召集三个儿子来到王宫，对他们说："我想知道你们的妻子中谁的针线活儿做得最好。让她们每人给我缝一件衣衫，明天早上送来给我看。"

伊凡王子听了父亲的话，心情沉重地回到了自己的房间。他坐在椅子上，把头深深地低下，一言不发。青蛙在木地板上跳来跳去，看到丈夫愁眉苦脸的样子，便问道："伊凡王子，你为什么这么忧愁？是不是有什么不开心的事情发生了？"

"国王要你给他缝一件衣衫，而且明天就要送去。"伊凡王子叹了口气说，"我该怎么办呢？你连手都没有，怎么能缝衣服呢？"

青蛙听了，却不慌不忙地回答："别担心，亲爱的伊凡王子。现在天色已晚，你先去睡吧。早晨总比晚上聪明，明天就会有解决的办法。"

虽然不太相信，但伊凡王子还是听从青蛙的建议，躺下睡觉了。当他进入梦乡后，青蛙悄悄地跳到门口，环顾四周，确认没人看见，便脱下了身上的青蛙皮。奇迹发生了！青蛙变成了一位美丽的少女——聪明的瓦西丽沙公主。她有着金色的长发、明亮的眼睛和白皙的皮肤，美若天仙。

瓦西丽沙轻轻拍了拍手，低声呼唤道："奶妈、保姆，请你们过来帮忙！在天亮之前，请为我缝制一件精美的衣衫，要和我父亲穿的那件一模一样华丽。”

话音刚落，仿佛有无形的手开始在房间里忙碌起来。针线飞舞，布料翻动，一件精美的衣衫逐渐成形。

第二天清晨，当伊凡王子醒来时，发现青蛙又在地板上蹦蹦跳跳，而桌上放着一件用洁白毛巾包裹的衣衫。他好奇地打开一看，惊讶得说不出话来——这衣衫做工精细，上面镶嵌着金丝银线，绣着复杂美丽的图案，比他见过的任何衣衫都要精美。

伊凡王子高兴地拿起衣衫，急忙赶到王宫去见国王。此时，他的两个哥哥也刚好到达，准备展示自己妻子缝制的衣衫。

大王子自信满满地拿出衣衫给父亲看。国王接过来看了看，摇摇头说：“这件衣衫只适合在没有灯光的黑屋子里穿，做工太粗糙了。”

二王子也呈上了他带来的衣衫。国王看后皱起眉头说：“这件衣衫只能在洗澡的时候穿一下，不能见人。”

轮到伊凡王子了，他小心翼翼地打开毛巾，展示出那件华丽的衣衫。当国王看到衣衫精美的图案和完美的做工时，眼前一亮，高兴地说：“啊！这才是真正适合过节时穿的衣衫！如此精美，一定是大师之作！”

伊凡王子的两个哥哥面面相觑，悄悄议论道：“看来我们都错了，不该嘲笑伊凡的妻子。她肯定不是普通的青蛙，说不定是被施了魔法的仙女或公主呢！”

没过多久，国王又想出了第二个考验：“我想知道你们的妻子中谁的厨艺最好。让她们每人烤一个面包，明天同样时间送来给我品尝。”

伊凡王子回到家里，又向青蛙妻子说明了情况。青蛙依然安慰他说：“别担心，伊凡王子，先去睡吧，明天一切都会好的。”

两个嫂子都很好奇青蛙是如何做出那么漂亮的衣衫的，便商量着派了一个住在后院的老仆人去偷看青蛙是怎么烤面包的。

瓦西丽沙似乎早已预料到这一点。当晚，她故意把面粉和好后，在炉灶顶部挖开一个小洞，把所有的面团都倒了进去。老仆人看到这一幕，急忙跑回去告诉两位王妃。她们听后暗自高兴，也照着青蛙的做法把面团倒进了炉子的洞里。

等到老仆人走后，瓦西丽沙确认四下无人，再次脱下青蛙皮。她拍拍手，轻声呼唤：“亲爱的奶妈和保姆，请在天亮前为我烤一个松软香甜的白面包，要和我在父亲家吃的那种一样美味可口。”

第二天早晨，伊凡王子醒来后，看到桌上放着一个香气扑鼻的面包。这个面包形状完美，上面装饰着各种精美的花纹和图案：有森林、河流、小动物，还有一座精致的小城堡。他惊喜地把面包小心包好，迅速送到了父王面前。

国王先看了大儿子带来的面包，发现是一团焦黑的硬块，便皱了皱眉。然后他又看了二儿子带来的面包，也是一样糟糕。

当国王看到伊凡王子带来的精美面包时，眼睛亮了起来，赞叹道：“这样的面包只有在重大节日才能看到啊！如此精美的手艺，值得奖赏！”

国王非常满意，决定举办一场盛大的宴会，命令三个儿子第二天带着各自的妻子一起来参加。伊凡王子听了这个消息，更加忧愁了。他慢慢地走回家，头低得几乎要碰到胸口了。

青蛙看到他这样，便问道："伊凡王子，你怎么了？是不是国王又提出了什么难题？"

伊凡王子叹息着说："青蛙啊青蛙，我怎能不担忧呢？父王要我带你去参加明天的宴会。我的两个哥哥会带着美丽的妻子出席，而我却要带着一只跳来跳去的青蛙，大家一定会笑话我的。"

青蛙安慰他说：“别担心，亲爱的王子。明天你先自己去参加宴会，我随后就到。当你听到雷声隆隆时不要害怕，如果有人问起，你就说：‘那是我的青蛙妻子坐着她的小盒子来了。’”

第二天，伊凡王子只好独自前往宫殿参加宴会。两个哥哥已经带着打扮华丽的妻子早早到了，看到他一个人来，便嘲笑道：“伊凡，你的青蛙太太呢？是不是害羞了不敢出门？还是怕跳得太远找不到回来的路？”

伊凡王子没有回答，默默地坐到了自己的位置上。国王和众多宾客已经围坐在铺着精美桌布的橡木大桌旁，正要开始享用美酒佳肴。

就在这时，外面突然响起了雷声，整个宫殿都被震得发出咔嚓咔嚓的声响，宾客们也被吓了一跳，有些甚至从座位上跳了起来。但伊凡王子却平静地说："尊敬的各位客人，请不要害怕，那只是我的青蛙妻子坐着她的小盒子来了。"

话音刚落，宫殿门外停下了一辆由纯白骏马拉着的金色马车。马车门打开，走下来一位让人惊叹的美人——她就是智慧的瓦西丽沙公主。她身穿一套深蓝色的华丽长裙，上面缀满了像星星一样闪烁的宝石；她的头上戴着一个明月般璀璨的发饰。这样的美人儿，即使在梦中也难得一见。

瓦西丽沙优雅地走进宫殿，挽着伊凡王子的手臂，来到宴席前。所有人都惊呆了，包括国王和伊凡的两个哥哥。

在宴会上，瓦西丽沙举止优雅端庄。当她喝酒时，会将杯中剩余的酒悄悄倒入左手袖子里；当她吃肉时，会将骨头小心地放入右手袖子里。伊凡王子的两个嫂子看到了，认为这是上流社会的礼仪，也学着她的样子做。

宴会结束后开始跳舞。瓦西丽沙拉着伊凡王子的手，优雅地走到舞池中央。她跳舞的动作如此轻盈美妙，仿佛空中飞舞的蝴蝶。在跳舞时，她突然将左手袖子轻轻一挥——奇迹般地，一个清澈的湖泊出现在宫殿中央！接着，她又将右手袖子一挥——湖面上立刻出现了一群优雅的白天鹅，在水上轻盈地滑行。国王和所有宾客都惊叹不已，目瞪口呆地看着这神奇的景象。

两个嫂子也想展示自己学来的“礼仪”，便走上舞池开始跳舞。当她们挥动左袖时，袖中的酒水飞溅而出，洒在了宾客们的衣服上；当她们挥动右袖时，骨头四处飞散，其中一块正好打中了国王的眼睛。国王大怒，命令侍卫将两个儿媳妇赶出宫殿。

宴会散后，伊凡王子和美丽的瓦西丽沙回到家中。伊凡王子一直好奇，为什么他的妻子有时是青蛙，有时是美丽的公主。趁着瓦西丽沙不注意，他悄悄搜寻，终于在柜子里找到了那张青蛙皮。伊凡王子以为这是妻子变成青蛙的原因，赶紧将青蛙皮扔进火炉，看着它在火焰中化为灰烬。

瓦西丽沙回来发现青蛙皮不见了，脸上露出悲伤的表情。她坐在椅子上，泪水从她美丽的眼睛里流出来：“啊，伊凡王子，你做了什么？如果你能再等三天，魔咒就会完全解除，我就能永远以人形陪伴在你身边了。但现在，魔咒被提前打破，我必须离开你，去很远很远的地方——不死老人的宫殿。如果你真的爱我，就请来那里找我吧。”

说完这些话，瓦西丽沙变成一只灰色的杜鹃鸟，从窗口飞走了。伊凡王子伤心欲绝，泪如雨下。他向四方深深鞠躬，然后毅然决定踏上寻找妻子的旅程。

伊凡王子不知道走了多远，也不知道走了多久。他的靴子磨破了，衣衫被风雨撕裂，帽子被雨水浸透。在旅途中，他遇见了一位白发苍苍的老人。

“你好，年轻的旅人！”老人亲切地问道，“你要去哪里？寻找什么？”

伊凡王子将自己的不幸遭遇告诉了老人。老人听完后，摇摇头说：“唉，伊凡王子，你不该烧掉那张青蛙皮。既然不是你给她披上的，就不该由你取下来。瓦西丽莎公主因为调皮捣蛋，被她父亲惩罚变成青蛙三年。现在魔咒被提前打破，她必须去不死老人那里服役。但别灰心，我会帮助你的。”

老人给了伊凡王子一个银色的小球，说：“拿着这个魔法球，它会引导你前行。它滚到哪里，你就跟着走到哪里。不要害怕途中的困难和危险。”

伊凡王子谢过老人，继续踏上旅程。他跟着银球前行，穿过茂密的森林和广阔的草原。一天，他在草丛中看到一头棕熊。他正要举起弓箭射杀，熊却突然用人类的语言对他说话：“伊凡王子，请不要杀我！有朝一日我会报答你的恩情，帮助你的。”伊凡王子犹豫了一下，最终放下了弓箭，饶了熊的性命。

他继续赶路，遇到了一只野鸭。他饥肠辘辘，正要举起弓箭，野鸭也用人类的语言恳求道：“伊凡王子，请不要杀我！将来我一定会回报你的善良！”伊凡王子又一次放下弓箭。

不久后，一只灰褐色的小兔子从草丛中跳出，正好跑到他面前。饥饿难耐的伊凡王子第三次举起弓箭，兔子也开口求情道：“善良的王子，请饶我性命！将来我一定会报答你的！”伊凡王子叹了口气，再次放下了弓箭。

当他来到一片蓝色海洋的岸边时，看见沙滩上有一条奄奄一息的鱼儿。鱼儿用微弱的声音对他说：“好心的王子，请把我放回大海吧！我快不行了，如果你救了我，总有一天我会报答你的。”伊凡王子二话不说，捧起鱼儿，轻轻放回了海水中。

最后，在银球的引导下，伊凡王子来到了一片陌生的森林。他看到一座奇怪的小屋，它像陀螺一样绕着自己的轴心转个不停。

伊凡王子大声说道：“小屋啊小屋，请按照你妈妈教你的那样站好：前面朝着我，后面对着树林。”

小屋听话地停了下来，门正对着伊凡王子。他走进屋内，看到一位老婆婆正躺在床上，她的牙齿搁在架子上，长长的鼻子一直顶到了天花板。

“勇敢的年轻人，”老婆婆问道，“你为什么来找我？是有事要问，还是只是路过？”

伊凡王子有礼貌地回答：“尊敬的老婆婆，请先让我洗个热水澡，吃饱喝足，我再告诉你我的故事。”

老婆婆命令仆人为伊凡王子准备了热水，又给了他丰盛的食物和饮料，还为他铺好了柔软的床铺。伊凡王子休息好后，将自己寻找瓦西丽沙公主的故事告诉了老婆婆。

“我知道她在哪里，”老婆婆点点头说，“她被不死老人囚禁在他的宫殿里。但要打败不死老人可不容易。他的生命隐藏得很好：他的生命藏在一根针的针尖里，针藏在一个蛋里，蛋藏在一只鸭子的肚子里，鸭子藏在一只兔子的肚子里，兔子藏在一个石头箱子里，这个箱子放在一棵高大的橡树顶上。不死老人像保护自己的眼睛一样保护着那棵橡树。”

第二天早晨，老婆婆为伊凡王子指出了那棵橡树所在的方向。

他跟着银球前进，终于找到了那棵橡树，树顶上确实有一个石头箱子。

伊凡王子站在树下，望着高不可攀的树顶，不知如何是好。这时，他曾经饶过性命的熊突然出现了，二话不说就用强壮的身体撞向橡树，竟然把橡树撞倒了！石头箱子从高处掉下来，重重地摔在地上，箱子裂开了。

一只兔子从箱子里跳出来，飞快地窜进森林。眼看兔子就要逃脱，突然，另一只兔子——正是伊凡王子曾经饶过性命的那只——从草丛中冲出来，追上了第一只兔子，将它扑倒在地。

兔子的肚子破开了，一只鸭子从里面飞出来，向天空飞去。伊凡王子正着急时，天空中飞来另一只鸭子——正是他曾经饶过性命的那只——迅速追上了第一只鸭子，啄了它一下。那鸭子吓得掉下了一个蛋，蛋落入了蓝色的大海中。

眼看蛋沉入深海，伊凡王子悲痛得流下了眼泪——在茫茫大海中，如何才能找到那个小小的蛋呢?

就在这时，海面上游来一条鱼——正是伊凡王子曾经救过的那条——它游到岸边，嘴里正好衔着那个蛋。伊凡王子激动地接过蛋，小心地将它打开，找到了里面的针。

伊凡王子带着针赶到了不死老人的宫殿。不死老人看见伊凡王子手中的针，马上服了软，以解除瓦西丽沙公主身上的魔咒为代价换回了针。

“我的勇敢的伊凡，”瓦西丽沙喜极而泣，“你终于来找我了！你打败了不死老人，打破了魔咒，我们终于可以永远在一起了！”

伊凡王子和瓦西丽沙公主一起回到了王国。国王见到美丽的儿媳妇，非常高兴，为他们重新举行了盛大的婚礼。从此，伊凡王子和瓦西丽沙公主过上了幸福美满的生活，一直到老。

康恩·艾达的故事

很多很多年前，在爱尔兰西部有一片美丽的土地。那里有个特别的习俗：这片土地会以统治者的名字命名。谁当了国王，这片土地就叫什么名字。

康恩是一位英勇无比的战士，当他成为国王后，这片土地就被称为“康恩王国”。他不仅勇猛，还非常善良，真心实意地关心每一位子民。他的国家非常大，从北边的拉特林岛一直延伸到南边的香农河入海处。

“我们的康恩国王真是太好了！”人们每次提起国王，脸上都会露出笑容。

康恩国王的妻子艾达是一位从不列颠来的美丽公主。她不仅长得漂亮，还非常聪明温柔。她和国王一起关心着国家和百姓，两人都品行高尚，深受人们爱戴。

人们常常感叹：“我们真是太幸运了！老天爷给了我们这么好的国王和王后！”

在他们的统治下，这片土地变得无比富饶：田里的庄稼长得比以前更高更壮，果树上结的果子比往常多了好几倍，湖里的鱼又大又肥，牧场上的牛羊产的奶像小溪一样流个不停，雪白的奶油甚至堆满了田野和山洞。

“孩子们，你们知道为什么会有这么多好东西吗？”老人们会对孩子们说，“这都是因为我们有心地善良、公正无私的国王和王后啊！”

康恩国王和艾达王后有一个独生子，他们给他取名为康恩·艾达，希望他能同时拥有爸爸妈妈的优点。果然，小王子长大后，变得既勇敢又善良，既高大威武又聪明机智，深受全国人民的喜爱。

人们对王子的爱戴达到了什么程度呢？当他们要说很重要的誓言时，不用太阳、月亮或星星作证，而是直接说：“我以康恩·艾达王子的名义发誓！”这成了那里最神圣的誓言。

但是，好日子没能一直持续下去。有一天，善良的艾达王后得了一种奇怪的病，很快就去世了。国王、王子和全国人民都非常悲伤。

小王子跪在母亲的床前，眼泪不停地流下来：“妈妈，没有您，这个世界变得好黑暗啊！”

国王为艾达王后举行了盛大的葬礼，并且哀悼了一年零一天。时间慢慢过去，在大臣们的多次劝说下，康恩国王终于同意娶一位新王后。

“陛下，”首席大臣诚恳地说，“王国需要一位王后帮助您治理国家，这对维持国家的稳定非常重要。”

刚开始，新王后表现得很好，处处学习已故王后艾达的样子。但在她生了几个自己的孩子后，情况渐渐变了。她发现，无论是国王还是百姓，都更喜欢康恩·艾达王子。这让她很嫉妒，因为她知道：如果老国王去世，继承王位的肯定是康恩·艾达，而不是她的孩子。

“我得想办法除掉这个王子，或者把他赶出王国。”新王后暗自决定。于是，她开始散布关于王子的谣言。

“听说王子半夜会见了敌国的使者。”她悄悄对一位贵族说。

“有人看见王子深夜进行奇怪的仪式。”她对另一位大臣小声说。

但是，没人相信这些谣言。国王非常信任自己的儿子，对这些传言只是笑笑。大臣和百姓们都了解王子的为人，知道他正直善良。而王子面对继母的敌意，始终以友善相待。

“我必须找到更有效的办法！”新王后的恨意更深了。最后，她决定去找一位巫婆帮忙。

一个雾蒙蒙的早晨，王后偷偷溜出王宫，来到森林深处一座破旧的小屋，一位巫婆住在那里。

“尊贵的王后，什么风把您吹到我这简陋的屋子来了？”巫婆笑着问道。

“我想除掉康恩·艾达王子，你能帮我吗？”王后单刀直入地说。

巫婆点点头：“可以，但您必须给我丰厚的报酬。”

“你想要什么？”

“很简单，”巫婆眯起眼睛，“在我的胳膊下面塞满羊毛，在我用小棍子挖的洞里塞满红麦。”

王后爽快地答应：“这很容易，现在就办。”

巫婆站在小屋门口，抬起胳膊，让王宫侍卫从她胳膊下往屋里塞羊毛，直到整个小屋塞得满满的。然后，她爬上旁边一座房子的屋顶，用小棍子戳了个洞，命令侍卫们把红麦往里倒，直到一粒也放不进去。

“好了，我已经付了报酬，现在告诉我该怎么做？”王后不耐烦地问。

巫婆递给她一副精美的象棋，眼中闪烁着奸诈的光芒：“邀请王子跟你下棋。先约定，谁赢了可以要求输的人做一件事。当你赢了，就给王子两个选择：要么永远离开国家，要么在一年零一天内，去厄恩湖的费波尔格国王那里，带回他宫殿花园里的三个金苹果，以及他的黑马和神犬赛摩。”

“这些东西很难得到吗？”

“哈哈哈！”巫婆阴险地笑着，“这些宝物被重重守卫，没有人能独自完成这个任务。如果王子敢去，必定会有去无回！”

王后高兴极了，立刻回宫邀请康恩·艾达下棋。

“亲爱的王子，听说你棋艺高超，我们来比一局如何？为了增加趣味，赢的人可以要求输的人做一件事。”她假装亲切地说。

康恩·艾达礼貌地回答：“乐意奉陪，王后。”

正如巫婆所说，王后赢了第一局。但她太得意了，又要求再下一盘，结果却让她大吃一惊：王子轻松地赢了第二局！

“按照约定，您先提出您的要求吧。”王子彬彬有礼地说。

王后露出狡猾的笑容：“我要求你在一年零一天内，去厄恩湖的费波尔格国王那里，带回他花园里的三个金苹果、黑马和神犬赛摩。

如果做不到，你就必须永远离开这个国家，否则就要被处死。”

王子平静地回答：“这是个艰巨的任务，但我接受挑战。现在轮到我提要求了：您必须坐在那座高塔顶上，一直等到我回来。在此期间，您只能吃用针尖戳起的红麦。若我一年零一天没回来，您就可以下塔恢复自由。”

虽然知道前方的任务艰难危险，但康恩·艾达决定立即出发。在此之前，他亲眼看着王后被安置到高塔顶上，开始接受惩罚——在那里，她将忍受夏天的炎热和冬天的寒冷。

“我该如何获得那些宝物呢？”王子心想，“凭我一个人的力量很难完成这个任务。”于是，他决定先去拜访朋友费奥恩·达哈那，一位著名的智者。

王子到达朋友家，受到了热情款待，有人为他洗脚、准备美食和美酒。用完餐后，智者才问起他的来意。

“为什么你看起来这么忧心忡忡，我的朋友？”

康恩·艾达把与继母的事情全部告诉了朋友后，说道：“你能帮我吗？”

费奥恩·达哈那摇摇头：“现在我还不能直接帮你。明天日出时，我会到神圣树林施法，看能否找到帮助你的方法。”

第二天清晨，智者如约施展了一个强大的法术。回来后，他神情严肃地对王子说：“亲爱的王子，你的任务极其困难，几乎不可能完成！王后的真正目的就是要你的命！能给王后出这种主意的，只有科里伯湖的卡丽科巫婆，她是爱尔兰最厉害的女巫，也是厄恩湖的费波尔格国王的亲妹妹。”

“那我该怎么办?”王子着急地问。

“我无法帮你免除这项任务，不过，你可以去斯莱巴·密山，寻找‘人头鸟’。他是西方世界最有智慧的生物，知道过去、现在和将来的所有事情。如果有谁能帮你，那一定是他。”

“人头鸟很难找到吧?”

“确实不容易，从他那里获得答案更难。”智者点头道，“不过别担心，这两个难题我可以帮你解决。”

他给了王子一匹栗色小马和一颗闪亮的宝石后，说:“骑上这匹马立刻出发。三天后，人头鸟就会隐身不见，这匹马会带你找到他。如果人头鸟不肯回答你的问题，就给他看这颗宝石。”

王子感谢朋友的帮助，骑上小马出发了。令他惊讶的是，这匹马居然会说话!

“你好，王子殿下，”小马开口道，“请放松缰绳，让我来带路吧。”

在这匹神奇小马的带领下，王子经历了许多冒险，终于在第三天找到了人头鸟。这是一种奇特的生物，有着人的头却长着鸟的身体。

王子拿出宝石给人头鸟看，请教如何完成任务。人头鸟叼走宝石，飞到一块巨石上思考了一会儿，然后说道:“康恩·艾达王子，听好了!搬开你右脚下的石头，你会找到一个铁球和一个杯子。骑上马，把球向前方抛出。你的马会告诉你接下来该做什么。”

说完，人头鸟振翅飞走了。王子按照指示搬开石头，果然发现了铁球和杯子。他拿起它们，骑上马，将铁球向前方抛出。

铁球滚动起来，小马紧跟其后。他们一路追逐，穿过森林和平原，最终来到厄恩湖边。铁球滚入湖水中消失了。

“下马吧，”小马说道，“把手伸进我的耳朵里，你会摸到一小瓶冰块和一个篮子。拿出来，然后快点重新骑上来。从现在起，你将面临真正的危险。”

康恩·艾达照做了，找到了小瓶和篮子。重新骑上马后，他们继续前进。突然，湖水像墙壁一样高高竖起，仿佛天空倒挂在头顶。进入湖中区域后，神奇的铁球再次出现，带领他们前进，最终停在一条宽阔的堤坝前。

“小心！”小马低声提醒。

王子抬头一看，倒吸一口冷气——堤坝上盘踞着三条巨大的蛇，它们嘶嘶作响，张开血盆大口，露出尖锐的毒牙。

“别害怕，”小马平静地说，“打开篮子，你会找到三块肉。把每块肉准确地扔进一条蛇的嘴里。然后紧紧抓住缰绳，我会带你跨越这道障碍。记住，一定要准确投掷，否则我们会有危险。”

王子深呼吸了一下，让自己平静下来。他小心翼翼地从篮子里拿出第一块肉，瞄准第一条大蛇，用力一扔。肉块正好落入蛇口！他连扔三块，每次都扔得准准的。

“真厉害！”小马开心地喊道，“你真有天赋！”

说完，小马一跃而起，轻松地飞过了那些可怕的大蛇，安全地落在了堤坝对面。

小马转头问道：“王子，你没事吧？”

“我没事，”康恩·艾达回答，虽然他的心还在怦怦直跳，“我们成功了！”

“你真是个了不起的年轻人，”小马赞美道，“不过我们才刚刚通过第一关，前面还有两个更难的挑战等着我们呢。”

他们继续跟着铁球走，不久就来到了一座正在喷火的大山前。

小马大声喊道：“抓紧缰绳！我要跳过这座火山了！”

王子紧张得话都说不出来，只能紧紧抓住缰绳。小马像箭一样跳起来，一下子越过了燃烧的山脉。

“殿下，你还好吗?”忠实的小马担心地问。

“还活着，就是感觉快被烤熟了。”王子的声音因为疼痛而发抖。

“坚持住，勇敢的王子！”小马鼓励他说，“最危险的部分已经过去了。我相信我们能顺利通过最后一关。你的名字一定会因为这次冒险被大家记住！”

他们又走了一会儿，小马停了下来，说道：“下来休息一下吧，把那瓶冰水涂在你烧伤的地方。”

王子照做了。神奇的是，冰水一碰到他的烧伤，伤口立刻就好了，好像从来没有受过伤一样。

“太神奇了！”康恩·艾达惊讶地说。

他又骑上小马，继续跟着铁球走，最后来到了一座被高墙围起来的城市。城墙上只有一个门，虽然没有守卫，但门的两边有两座塔，不停地喷出可怕的火焰。

小马停下来，表情变得严肃：“王子，请你从我另一只耳朵里拿出一把小刀。”

王子照做后，小马继续说：“接下来我要请求你做一件很难的事。你需要用这把刀从我身上取一片皮，用它包住自己，这样你就能安全通过火焰门。进了城门，你就不会再遇到危险了。”

“这……这太可怕了！”王子惊叫道，“我怎么能伤害你呢？你一直这么帮助我，我绝不能这样对你！就算面对危险，就算会死，我也不会伤害我的朋友来保护自己！”

“请相信我，”小马温和但坚定地说，“这是唯一的办法。如果你能帮我最后一个忙，我会很感激：当你进过城后，火焰就会消失，请马上回来，赶走那些想伤害我的鸟。如果瓶里还有冰水，请在我身上滴一滴，这样我就不会受到伤害。”

“不，我绝对不能这么做!”王子坚决地摇头，眼里含着泪水。

小马伤心地说：“伟大的王子啊，如果你不听我的话，我们两个都活不了。但如果按我说的做，事情会比你想象的顺利多了。我之前的建议从来没错过，为什么要怀疑这最重要的一个呢？请完全按我说的做，不然你会让我遭受更可怕的命运。我保证，如果你不听，我们两个都会死。”

康恩·艾达见小马这么坚持，明白他一定有道理。他不情愿地拿起小刀，手不停地发抖。当刀尖刚碰到小马的皮毛时，一股神奇的力量突然让小马沉睡过去。

王子忍着悲痛，跪在小马旁边，一边流泪，一边按照小马的指示，小心地取了一片马皮，披在身上，向城门走去。他真的安全地通过了火焰门，进入了城市。

城里很繁华，到处是漂亮的建筑和穿着华丽的人。但王子现在心情很沉重，一点也不想看风景，满脑子都在想他忠诚的小马朋友。

他回头看见火焰果然已经消失，立刻往回走。回到城外，他看见一群乌鸦正在小马旁边飞来飞去。他挥手赶走这些鸟，然后从瓶中倒出剩下的冰水，小心地滴在小马身上。

奇迹发生了！冰水碰到小马的一瞬间，一道亮光闪现。当亮光消失后，小马变成了一个英俊的年轻人！

年轻人睁开眼睛，一把抱住了康恩·艾达，激动得哭了起来。冷静下来后，他对王子解释道：“尊敬的王子，你是我见过的最善良的人！是你让我终于恢复了人形。其实我是费波尔格国王的弟弟。这些年来，我被邪恶的魔法变成了马，只有通过你刚才的行动，魔法才能被打破。”

“真的吗？”王子惊讶地问。

年轻人点点头：“是的，其实是我妹妹，也就是那个巫婆，暗中安排了这一切。她建议你继母让你来找这些宝物。但请相信，她对你没有恶意，反而是想帮助你，同时也帮我摆脱魔法。跟我来吧，我的救命恩人，黑马、神犬赛摩和金苹果都将是你的了。我哥哥会非常感谢你救了我。”

两人非常高兴，立刻去了费波尔格国王的宫殿。他们受到了国王和大臣们的热情款待。国王听说康恩·艾达的经历后，很感动。

“勇敢的王子，你救了我的弟弟，我非常感谢你。黑马、神犬赛摩和三个能带来健康与幸福的金苹果，我都会给你。我只有一个请求，希望你能在我的宫殿里住一段时间，等到你必须回去完成任务时再离开。”

康恩·艾达高兴地答应了。几个月后，当他准备回家时，园丁从宫殿花园的水晶树上摘下三个闪闪发光的金苹果给他。侍卫牵来神犬赛摩，这是一只很威武的黑狗，戴着银项圈。马夫给他准备了那匹传说中的黑马，鞍子和缰绳都很华丽。

国王亲自扶他上马，对他说：“勇敢的王子，回去的路上你不用再担心火山和大蛇，有这匹黑马陪着，你可以安全通过任何地方。”

“你能每年至少来看我们一次吗？”国王真诚地问。

“当然，这是我的荣幸。”康恩·艾达笑着答应了。

王子怀着感激的心情与新朋友道别，骑着黑马，牵着神犬赛摩，带着金苹果踏上了回家的路。一路上天气很好，没有任何困难，他及时回到了父亲的宫殿。

这时，王后还坐在高塔顶上，以为康恩·艾达不会回来，她的孩子将来会继承王位。当仆人报告说王子已经回来时，她简直不敢相信:“不可能！那些任务根本无法完成!”

当她亲眼看到王子骑着威风的黑马，牵着神犬赛摩骄傲地进入王宫时，她终于明白自己的计划彻底失败了。绝望之下，她从塔顶跳下，重重地摔在地上，虽然没有丧命，但再也不能走路，最后在后悔中度过了余生。

康恩·艾达受到了父亲热烈的欢迎，老国王曾经以为再也见不到爱子了。

“我的孩子!”老国王流着眼泪抱住儿子，“谢谢上天让你平安归来!”

康恩·艾达在王宫花园中间种下了三颗金苹果。它们很快长成了三棵水晶树，结出了许多金苹果。这些神奇的树带来了特别的祝福——全国各地风调雨顺，收成很好。在金苹果的神奇力量下，整个国家变得很富裕，人民生活得很幸福。

黑马和神犬赛摩成为王子的好伙伴，帮助他治理国家，让王国一直很强大。在康恩·艾达的统治下，庄稼很充足、果实很多、牛羊很肥、鱼虾很多，百姓们过着快乐的生活。

很多年后，当康恩国王去世，康恩·艾达继承王位时，他成为一位像父亲一样贤明的国王。他的统治被后人称为“黄金时代”，他的故事也一代一代地传了下来。

你知道吗？爱尔兰西部的康诺特省，就是以康恩·艾达的名字命名的。这个地方也被叫作康纳克，到现在那里的人们还在讲述这位勇敢王子的故事，告诉大家勇气、信任和善良有多么重要。

白熊国王瓦勒蒙

从前，有一个美丽的王国，由一位贤明的国王统治着。国王有三个女儿，大公主和二公主性格有些骄傲，而小公主却非常善良温柔，就像冬日里的一缕阳光，所以国王和王国里的每个人都特别喜欢她。

一个夜晚，小公主做了一个梦。梦中，她看到一个闪闪发光的金花环，美得令人窒息。第二天醒来后，她满脑子都是那个金花环，对其他任何事物都不再感兴趣。她变得忧郁，不爱说话，也不爱吃饭，身体渐渐消瘦。

“我亲爱的女儿，你怎么了？”国王担心地问道。

小公主轻轻叹了口气：“父王，我梦见了一个美丽的金花环。它太美了，如果得不到它，我感觉自己会不开心一辈子。”

国王非常疼爱小女儿，马上命人按照她的描述画了图样，然后派人送到全国各地的金匠那里，要求他们照着图样打造金花环。王国里所有的金匠都日夜赶工，制作了金花环送到王宫中，但小公主看过后都摇头，有些甚至连看都不愿意看一眼。

有一天，小公主在林中散步时，突然看见一头雪白的大熊。让她惊讶的是，这头白熊的爪子里正拿着一个金花环——就是她梦中看到的那个！

“这就是我梦里的金花环！”小公主惊喜地喊道，“请问，你能把它卖给我吗？我愿意付很多金币。”

白熊摇摇头，用人类的声音回答：“小公主，这个花环不是用金币能买到的。如果你想要它，那么有一个条件——你必须跟我走，做我的伴侣。”

小公主陷入了沉思。没有这个金花环，她觉得生活没有快乐，但她也不舍得离开家人。犹豫再三，她决定先答应白熊，然后回王宫向父王求助。

“好吧，我答应你，”她回答，“但请给我三天时间和家人告别。”

白熊点头同意：“三天后的星期四，我会来接你。”

小公主高高兴兴地戴着金花环回到王宫，国王和大家看到她终于开心起来，都松了一口气。但当她告诉父亲与白熊的约定时，国王大惊失色。

“绝对不行！”国王坚决地说，“我怎么能让我最心爱的女儿跟着一头野兽离开呢？别担心，对付一头熊并不难。”

星期四到了，国王调动了全部卫兵，在宫殿四周设岗，准备阻止白熊进入。然而，当白熊出现时，士兵们的武器竟然对他毫无作用！他轻松地冲过防线，打倒了一队又一队的士兵。国王见情况不妙，担心会有更多伤亡，只好命令士兵停止抵抗。

正在国王愁眉不展之际，大公主提议让她去应付白熊：“或许当白熊发现带错人时，他就会放弃了。”

国王没有办法，只好让大公主去试试。

大公主走到白熊面前，白熊让她坐在自己的背上，然后迅速奔跑起来。他们走了很远很远，白熊终于开口问道：“姑娘，你曾经坐过比我的背更舒服的地方吗？你曾经看过比这里更美丽的景色吗？”

大公主撇撇嘴：“当然啦！我坐在母亲的膝上比坐在你的背上舒服多了，我在父亲的宫殿里看到的景色也比这里美丽得多。”

白熊沉默片刻：“那么，你不是我要找的人。”说完，他转身将大公主送回了王宫。

国王以为事端已经平息，没想到第二个星期四，白熊再次来到王宫。这次同样，士兵们无法阻挡他。二公主挺身而出，出去见白熊。白熊带着二公主离开，在路上问了她相同的问题。

二公主回答说：“在父亲的宫殿里我见过更美丽的景色，坐在母亲的膝上也比坐在你背上舒服多了。”

“看来你也不是我要找的人。”白熊说，又把她送回了家。

第三个星期四，白熊再次来到王宫。这次他更加坚决地要求见小公主，国王明白无法阻止，最终只好同意让小公主跟他走。

白熊带着小公主出发了，走了很远很远。当他们穿过翠绿的森林时，白熊问道：“姑娘，你曾经坐过比我的背更舒服的地方吗？你曾经看过比这里更美丽的景色吗？”

小公主环顾四周的美景，真诚地回答：“没有！你的背比我坐过的任何地方都舒服，这里的景色比我见过的任何地方都美丽。”

“太好了，你就是我要找的人！”白熊高兴地说。

不久，他们来到一座华丽的城堡前。这座城堡比小公主父亲的宫殿豪华得多，就像把皇宫和小木屋相比一样。小公主在城堡里生活得很舒适，她只需要照看壁炉里的火，不让它熄灭。

有趣的是，白天白熊总是不在家，但到了晚上，他就变成一个英俊的年轻人，与她一起生活。就这样，他们幸福地度过了三年。每年小公主都会生下一个孩子，但孩子一出生，白熊就会把孩子带走，说是送去一个安全的地方好好照顾。小公主从未见过孩子长大的样子，这让她既困惑又不安。白天总是独自守在城堡中，她越发思念自己的家人。

有一天，小公主鼓起勇气问白熊："我能回去看看我的父母吗？我很想念他们。"

"可以，"白熊回答，"但请记住，无论你父母说什么，你只能听从你父亲的建议，而不是你母亲的。"

小公主答应了，回到了家。她告诉父母自己的生活情况，表达了自己的困惑和不安。

母亲听后，悄悄给了她一支蜡烛，说："带着这支蜡烛回去，晚上趁他睡着的时候点亮，看看他到底是个什么样的人。"

但父亲温和地劝道："女儿，不要这样做，有些秘密还是不要揭开为好。"

小公主离开时，还是忍不住带上了那支蜡烛。晚上，当变成人形的白熊睡着后，她悄悄点燃蜡烛，借着烛光看向他的脸。啊！他竟然是一位英俊非凡的国王！小公主惊讶得呆住，不小心让一滴热蜡油滴在了他的额头上。

国王立刻醒来，神情悲伤："你做了什么？唉，现在我们都要面临困境了！原本只剩下一个月的时间，我就能解除魔咒了。现在我必须去女巫的山顶城堡，她要强迫我与她成亲。”

原来，国王瓦勒蒙被一个女巫施了魔法，白天必须变成白熊。如果他能在不被发现真正的身份时找到接受自己的爱人，满四年后魔法就会自动解除。

“为什么不告诉我呢？”小公主伤心地问。

“那是魔法的规定，我不能说出来。”瓦勒蒙无奈地回答。

“那我能和你一起去吗？”小公主恳求道。

“那个地方人类很难到达，”瓦勒蒙说，“但如果你真的愿意，就跟随你的心走吧。”

当他穿上白熊皮准备离开时，小公主扑过去抓住他的毛，跳上他的背。白熊飞奔起来，穿过高山、森林和灌木丛。小公主的衣服被树枝划破了，但她仍然紧紧抱住白熊不放。最后，因为太累了，她不小心松开了手，掉了下来。

当她醒来时，发现自己躺在一片陌生的森林里。她站起来，不知道该往哪个方向走，只好随便选了一条路。走啊走，她来到一座小木屋，里面住着一位和蔼的老奶奶和一个可爱的小女孩。

“请问，你们看见过白熊国王瓦勒蒙吗？”小公主礼貌地问道。

“看见过，”老奶奶回答，“他今天早上匆匆忙忙地跑过这里，但他跑得太快了，恐怕你追不上他。”

小女孩手里拿着一把金剪刀，在空中不停地剪着。神奇的是，她每剪一下，就有一块漂亮的丝绸或天鹅绒从剪刀中落下。有了这把金剪刀，就永远不会缺少漂亮的衣服。

“这位姐姐要走很远的路，她比我更需要这把金剪刀。”小女孩对老奶奶说，然后转向小公主，“姐姐，你愿意收下这把金剪刀吗？它会帮助你的。”

小公主感激地接受了这份礼物，继续她的旅程。

日夜不停地走着，第二天早上，她又来到另一座小木屋。这里也住着一位老奶奶和一个活泼的小女孩。

“你们好，”小公主打招呼，“请问你们看见过白熊国王瓦勒蒙吗？”

“是的，他昨天匆匆忙忙地经过这里，”老奶奶回答，“但他走得太快了，你恐怕追不上他。”

这次，小女孩正在玩一个奇特的长颈瓶。这个瓶子非常神奇：只要想喝什么饮料，就能从瓶子里倒出来，永远不会倒完。

“这位姐姐还要走很远的路，会口渴，会遇到很多困难，”小女孩说，“她比我更需要这个瓶子。”于是，她将长颈瓶送给了小公主。

小公主感谢她们的慷慨，继续前行。第三天早上，她来到第三座小木屋，同样遇到一位老奶奶和一个聪明的小女孩。

“请问，你们看见过白熊国王瓦勒蒙吗？”小公主问道。

“他昨晚曾经过这里，”老奶奶回答，“但他走得很快，你可能追不上他。”

这次，小女孩正在玩一块神奇的桌布。这块桌布很特别：只要对它说“桌布，请展开，摆上美食”，桌布上就会出现丰盛的佳肴。

“这位姐姐要经历很多艰难，会肚子饿，会遇到许多困难，”小女孩说，“她比我更需要这块桌布。”于是，她把桌布送给了小公主。

小公主带着三件神奇的礼物，继续日夜赶路。她来到一座高耸入云的大山前。山壁陡峭得像墙一样，高得看不到顶，宽得看不到边。山脚下有一座小木屋，她走进去问道："请问，你们看见过白熊国王瓦勒蒙吗？"

"看见过，"小木屋里的妇人回答，"三天前他爬上了这座高山。这山太高了，连小鸟都很难飞上去。"

屋子里挤满了孩子，他们都围着母亲，哭着要吃的。妇人只能将一锅清水放在火上煮，对孩子们说："再等一会儿，好吃的马上就好了。"她用这种方法暂时安抚他们的饥饿。

看到这一幕，小公主立刻拿出神奇的桌布和长颈瓶，让孩子们吃饱喝足。接着，她又用金剪刀为孩子们剪出漂亮的新衣服。

"谢谢你帮助我和孩子们，"妇人感激地说，"我丈夫是一位技艺高超的铁匠。你休息一下，等他回来，我会让他为你的手和脚做一些特殊的铁爪，这样你就能爬上那座高山了。"

铁匠回来后，立即开始工作，第二天早上就做好了铁爪。小公主向他们表示感谢，然后将铁爪绑在手脚上，开始艰难地攀爬高山。

她整整爬了一天一夜，当她筋疲力尽，几乎要坚持不住时，终于到达了山顶。令她惊讶的是，山顶是一片广阔平坦的土地，有田野和牧场，比她想象中的任何地方都要宽广。不远处有一座宏伟的城堡，里面有许多仆人正忙碌地工作着。

"他们在做什么？"小公主好奇地问过路人。

"这是女巫的城堡，"那人回答，"她曾对白熊国王瓦勒蒙施了魔法。再过三天，女巫就要强迫他和她成亲了。这些人正在做婚礼布置。”

小公主问是否能见女巫，但被告知那是不可能的。于是，她坐在城堡窗外，拿出金剪刀开始剪。顿时，丝绸和天鹅绒如雪花般飞舞。女巫看到了，立刻想要这把神奇的金剪刀。

“这里有那么多人需要衣服，我的裁缝们无论如何努力都不够用，”女巫说，“我愿意出高价买下你的金剪刀。”

“这把金剪刀不卖，”小公主坚定地说，“但如果您能让我今晚和瓦勒蒙待在一起，我就把它送给您。”

女巫同意了，但她给瓦勒蒙喝了催眠药水，晚上，无论小公主怎么喊叫和哭泣，他都醒不过来。

第二天，小公主又坐在城堡窗外，这次她拿出长颈瓶，开始倒饮料。饮料像小河一样流出，有果汁、牛奶，源源不断。女巫看见了，又想要这个长颈瓶。

于是小公主请求用长颈瓶再换取一晚上与瓦勒蒙相处的时间。女巫同意了，但她故技重施，又给瓦勒蒙喝了催眠药水，小公主的努力再次失败了。

幸运的是，那天晚上，一位善良的工匠在隔壁房间工作，听到了小公主的哭声，猜到了发生的事情。隔天，他偷偷告诉瓦勒蒙：“昨晚有位姑娘来看您，她一定是那位本该救您的公主。”

第三天，小公主用桌布吸引女巫的注意。她铺开桌布，说：“桌布，请展开，摆上美食！”立刻，桌布上出现了丰盛的佳肴。

女巫看见后，又想要这块桌布。小公主依然用同样的条件交换：和瓦勒蒙相处一晚。

这次，由于工匠的提醒，瓦勒蒙有了准备，假装昏睡过去。女巫为了确认他是否真的睡着，甚至拍打他的脸颊，但无论她怎么试，他都纹丝不动。最终，女巫相信他睡着了，允许小公主进入他的房间。

当他确认女巫已经离开后，瓦勒蒙立刻从床上跳起来拥抱小公主。“我的爱人，真的是你！我等了你这么久！”

他们相拥而泣，分享着这段时间的经历。瓦勒蒙说：“要想获得自由，我们必须想办法离开这座山。”

他们趁着夜色找到那位善良的工匠，请求他为他们找到了一架能载人飞行的木鸟。这种木鸟在女巫的王国中很常见。

然后他们拿回了那三件被女巫要走的宝贝，骑上木鸟悄悄飞离了山顶城堡。当女巫在婚礼前发现他们逃走时，勃然大怒，派出了所有的士兵骑上木鸟追赶他们。

眼看就要被追上时，小公主灵机一动，用金剪刀在空中不停地剪。突然，大片浓密的森林在他们身后出现，挡住了追兵的去路。士兵们不得不绕道而行，耽误了不少时间。

女巫骑着飞鸟很快又追上来了。这次，小公主打开长颈瓶，往后一倒。顿时，一道壮观的瀑布出现在他们身后，女巫的飞鸟不得不停下来。

最后，眼看女巫就要追上他们时，小公主抖开神奇桌布，向后一抛。刹那间，一座高山拔地而起，彻底阻断了女巫的追击。

瓦勒蒙和小公主终于安全地回到了地面。回家的路上，瓦勒蒙带小公主去找那三个给她礼物的小女孩。令小公主惊喜的是，这三个小女孩正是她和瓦勒蒙的三个孩子！原来，瓦勒蒙把孩子们安置在那些小木屋里，是为了让她们在需要时能帮助小公主。

一家人团聚后，他们回到了瓦勒蒙的王国，举行了盛大的婚礼。小公主的家人也被邀请来参加婚礼。看到女儿过得幸福，他们非常高兴。

从此以后，瓦勒蒙永远摆脱了女巫的魔咒，和小公主带着三个孩子幸福地生活在一起。他们用神奇的桌布和长颈瓶帮助国家里的贫困家庭，用金剪刀为每个需要衣服的孩子制作漂亮的新衣服。在他们的统治下，王国变得繁荣富足，人人都过上了幸福美满的生活。

这个故事告诉我们：爱和勇气可以战胜一切困难，善良的人最终会得到幸福。